KiWi
PAPERBACK
1013

W0385267

Über das Buch:
Schon früh hatte sie ihrer Familie signalisiert, dass sie nicht bis zum bitteren Ende ausharren werde. Doch als sie dann mit 92, geistig klar, doch körperlich gebrechlich, ihren Entschluss mitteilt, reagiert die Tochter mit einem Aufschrei. Noëlle Châtelet kann nicht akzeptieren, dass die Tage der Mutter, aber auch ihre Tage mit der Mutter gezählt sind. Diese Mutter, eine couragierte, geistig unabhängige Frau, die bis ins hohe Alter als Hebamme gearbeitet hat, nimmt nun die Tochter an die Hand, erteilt ihr liebevoll und mit Humor eine »letzte Lektion«. Der Tod gehört wie die Geburt zum Leben. Nach den Ritualen des Lebens zeigt die Mutter nun der Tochter die Rituale des Abschieds und des Todes. Diese »letzte Lektion« über den Umgang mit dem Tod geht weit über den persönlichen Schmerz und das individuelle Schicksal hinaus, sie ist Anstoß zum Nachdenken über uns, seien wir nun jung oder alt.
»Ein ganz und gar unvergleichliches Buch.« *SWR 2*

Die Autorin:
Noëlle Châtelet, geboren 1944, war Dozentin für Kommunikationswissenschaften. Sie hat Romane, Erzählungen und Essays veröffentlicht. Sie erhielt den Prix Goncourt de la Nouvelle und für »Die Dame in Blau« den Prix Anne de Noailles der Academie Française. Noëlle Châtelet lebt und arbeitet in Paris.

Der Übersetzer:
Uli Wittmann, geboren 1948, übersetzt aus dem Englischen und Französischen u. a. Werke von Noëlle Châtelet, Philippe Djian, Michel Houellebecq und J. M. G. Le Clézio.

Weitere Titel:
»Die Dame in Blau«, Roman, 1997; KiWi 531, 1999; »Die Klatschmohnfrau«, Roman, 1999, KiWi 615, 2001; »Das Sonnenblumenmädchen«, Roman, 2000, KiWi 646, 2001. »Die Dame in Blau«, »Die Klatschmohnfrau«, »Das Sonnenblumenmädchen« – Drei Romane in einem Band, KiWi 682, 2002. »Mit dem Kopf zuerst«, Roman, 2002, KiWi 824, 2004. »Die letzte Lektion«, 2005.

Noëlle Châtelet

Die letzte Lektion

Aus dem Französischen von Uli Wittmann

Kiepenheuer & Witsch

1. Auflage 2007

Titel der Originalausgabe: La dernière leçon
© Éditions du Seuil, septembre 2004
Aus dem Französischen von Uli Wittmann
© 2005, 2007 by Verlag Kiepenheuer & Witsch, Köln
Lektorat: Bärbel Flad
Alle Rechte vorbehalten. Kein Teil des Werkes darf in irgendeiner Form (durch Fotografie, Mikrofilm oder ein anderes Verfahren) ohne schriftliche Genehmigung des Verlages reproduziert oder unter Verwendung elektronischer Systeme verarbeitet, vervielfältigt oder verbreitet werden.
Umschlaggestaltung: Barbara Thoben, Köln
Umschlagfoto: Getty Images/Graeme Harris
Satz: Pinkuin Satz und Datentechnik, Berlin
Druck und Bindearbeiten: Clausen & Bosse, Leck
ISBN 978-3-462-03948-1

Für meine Schwester Agnès

Am 17. Oktober ist es so weit.«

So hast du uns deinen Tod angekündigt, mit diesem einfachen Satz, mit diesen sieben Worten.

Ein Satz wie ein Fallbeil. Eine Klinge. Sieben Worte aus messerscharfem, seit Jahren beharrlich geschliffenem Stahl.

Du hast sie bedächtig und gelassen ausgesprochen. Damit sie möglichst wenig Schmerz hervorrufen, sich ganz normal anhören, so wie man das Datum für eine Reise ankündigt, damit deine Kinder, die im Prinzip seit Jahren darauf vorbereitet sind, die Worte verstehen können.

Ich war nicht bereit, ganz und gar nicht bereit, diesen Satz aus deinem Mund zu hören, das begriff ich sofort.

Von der Dolchklinge dieser Worte spürte ich nur die Kälte. Nichts anderes als schneidende Kälte. Keinen Schmerz: nur Kälte. Auch kein Blut: Das Blut war erstarrt, es sei denn, es hatte sich mit einem Schlag aus mir zurückgezogen, bis zum letzten Tropfen.

Ich dachte: Das muss wohl die Kälte des Todes sein. Ich dachte: Das überlebe ich nicht.

Kann man sich von solcher Kälte erholen? Die Kälte des Todes erleben nur die Toten, nicht die Lebenden, stimmt's?

Doch ich hatte mich geirrt: Jetzt ist mir wieder

warm. Ich habe mich erholt, bin warm und lebendig. Habe die Kälte des angekündigten Todes, der sieben messerscharfen Worte überlebt …

Dazu musste ich wieder zur Schule gehen, aber nicht in irgendeine Schule.

Das Datum des 17. Oktobers schickte mich gewaltsam in die Schule des Todes, deines Todes.

Du hast mir, wiederum gelassen, aber unnachgiebig, die Bank zugewiesen, auf die ich mich zu setzen hatte.

Ich wäre nie von selbst dorthin gegangen. Ich wollte diese Schule nicht besuchen. Wollte nichts lernen, nichts wissen.

Zuerst lehnte ich mich auf. Protestierte. Wehrte mich mit Händen und Füßen, mit Schlägen und Tritten, gegen deine Unnachgiebigkeit, deine Gelassenheit. Dann setzte ich mich auf die Bank, die du mir zugewiesen hast.

Besiegt schlug ich das Heft auf, das Heft mit dem Etikett, auf dem in schwarzen Lettern dein Name stand. Einen solchen Schulbeginn möchte ich keiner Tochter, keinem Sohn wünschen …

Was das Datum angeht, hast du dennoch mit dir reden lassen.

Du hast eingeräumt, dass ein festgelegtes Datum dein Vorhaben für uns noch grausamer macht.

Wir baten dich, kein Datum festzulegen.

Nun gut. Es würde also nicht mehr am 17. Oktober geschehen, aber geschehen würde es. Bald. Sehr bald. Eine törichte Hoffnung durchzuckte mich, unrealistisch wie Hoffnungen so oft: Es würde zwar geschehen – bald, sehr bald –, aber das Fallbeil-Datum war entschärft. Dein Tod ähnelte plötzlich jedem anderen Tod. Eine normale Bedrohung für eine sehr alte Frau, die weiß, dass es bald so weit ist: durchaus normal. Kein Datum und folglich kein Tod mehr? Also ein normaler, fast normaler Tod. Ein vorläufig außer Kraft gesetzter, etwas abstrakter Tod. Und vor allem nicht mehr diese Todeszelle, die Zelle der zum Tode Verurteilten, bis zum 17. Oktober …

Der 17. Oktober … Du sagst, du hättest zwischen dem 17. und dem 16. geschwankt. Dem 16. Oktober, dem Tag, an dem ich geboren wurde: »Aber das konnte ich dir doch nicht antun!« Danke, Mama. Danke für deine Rücksicht. Du hast also den folgenden Tag gewählt, um dir nicht an dem Tag das Leben zu nehmen, an dem ich geboren wurde. Herzlichen Glückwunsch zum Geburtstag, mein Schatz, morgen nehme ich mir das Leben. Morgen bringe ich mich um. Ich kann mir die Feier, die Kerzen gut vorstellen.

Danke, Mama. Faustschläge, Fußtritte in die Torte.

Aber kein 17. Oktober mehr. Ich bin noch einmal davongekommen.

Ich war rot vor Zorn, ein bisschen aber auch vor Scham. Als wir beide kurz darauf eine Weile allein in deinem Schlafzimmer waren, in das wir dich tragen mussten, bereute ich, dass ich mich so aufgeregt hatte, erinnerst du dich? Die Erschütterung angesichts unseres Widerstands war zu groß für dich gewesen, denn wir wollten keinen mit Datum und Unterschrift versehenen Tod, wollten keinen 17. Oktober.

Ich streichelte deine Stirn, dein weißes Haar, dein von Erschöpfung und Enttäuschung gezeichnetes Gesicht.

Die Dinge waren nicht so verlaufen, wie du es dir gewünscht hattest.

Deine Augen waren geschlossen. Du warst so blass, dass ich dich plötzlich in Gedanken mühelos als Sterbende vor mir sah. Ich konnte mir deinen Tod vorstellen. Er schien schon in dir zu stecken, schon sein Werk zu verrichten, als Verbündeter, als Freund, wir dagegen … Deine Tochter dagegen, die dir gerade gesagt hatte, dass sie dich liebe, und dabei deine Stirn, dein Haar gestreichelt hatte … Ich, die ich mir bisher meiner Liebe so sicher gewesen war … fand den Tod liebevoller als mich. Ja, genau das: liebevoller.

Das war wohl der Augenblick, in dem sich alles geändert, alles entschieden hat, noch ehe du mit mir sprachst, in diesem noch unerklärlichen, verblüffenden Augenblick fühlte ich mich geradezu ertappt, beim Mangel an Liebe ertappt. So dass ich eifersüchtig wurde, ja, eifersüchtig auf den Tod, deinen Verbündeten, den Tod.

Ich hatte dich also enttäuscht und saß beschämt auf deinem Bett. Hast du es gespürt? Deine Augen öffneten sich. Die beiden kleinen Tränen, die deine nahezu durchsichtige Haut netzten, schienen die letzten Tropfen einer Quelle zu sein, die im Begriff zu versiegen war und es wusste. Ihr wart am Ende eurer Kräfte, am Ende eurer Tränen, die Quelle und du.

Ohne mich anzusehen, hast du folgende Worte gesagt, die noch kraftloser als die Tränen waren: »Ihr habt mich nicht verstanden. Jetzt brauche ich eure Hilfe.«

Du hast an diesem Abend kein weiteres Wort zu mir gesagt. Kein weiteres Wort, aber das war genug. Ich hatte keine andere Wahl. Noch ehe du diese Worte sagtest, hatte ich es schon begriffen: Dein Entschluss war unwiderruflich. Ein Entschluss aus beharrlich geschliffenem Stahl, der wie ein Fallbeil auf unseren Nacken niedersausen würde, sobald du den Tag für geeignet hieltest – mit uns oder ohne uns. Mit mir oder ohne mich.

Ich hatte keine andere Wahl: Es würde mit mir sein. Wie? Das wusste ich nicht, aber es würde mit mir sein.

»Mit mir« hieß, dass ich mich mit der Schulbank abfinden musste, die du mir zugewiesen hattest. Dass ich schweren Herzens akzeptieren musste, das Heft aufzuschlagen, das Heft mit dem Etikett, auf dem in schwarzen Lettern dein Name stand. Ich zitterte vor Auflehnung, aber noch mehr vor Entsetzen, denn nun wusste ich, dass der Wettlauf mit dem Tod begonnen hatte …

* * *

Angst überfiel mich, eine gleichsam organische, feuchtwarme, vor allem aber unbekannte Angst. Sie sollte noch andere klägliche Gesten der Auflehnung hervorbringen, die, wie ich wusste, überflüssig, um nicht zu sagen jämmerlich, waren.

»Ich hoffe, dass ich meinem Sohn nie so etwas Grausames antun werde!« Solche Art von endgültigen Sätzen habe ich mir dir gegenüber ganz zu Anfang noch erlaubt.

»Zu Anfang« … Was für einen anderen Ausdruck soll ich verwenden? Welches andere Wort, um zu sagen, dass mit deinem Satz »am 17. Oktober ist es so weit« eine unbeschriebene Seite unserer gemeinsamen Geschichte aufgeschlagen worden ist.

Drei Monate. Drei lange, seltsame Monate, die ich heute für die wichtigsten unserer Geschichte halte, von der du fast alles, aber doch nicht alles weißt, denn ich habe dir nicht alles gesagt. Ich habe mich bemüht, eine gute Schülerin in der Schule des Todes, deines Todes, zu sein. Eine Schülerin, die manchmal so gewissenhaft war, dass sie vor Eifer Bauchschmerzen bekam. Ich habe dir nicht alles gesagt …

Du hast meinen Ausbruch der Auflehnung geduldet, nicht versucht, sie zu besänftigen. Vermutlich fandest du sie unvermeidlich oder zumindest legitim.

Ganz zu Anfang hast du meinen Widerstand mit sanfter Miene hingenommen, ohne daran Anstoß zu nehmen. Du hast gewartet, dass der Wind sich legt, und der Wind hat sich immer gelegt.

Meine Anflüge von Zorn haben dich nicht weiter beunruhigt. Du konntest dir denken, dass sie dazugehörten. Das war, wie man sagt, doch das Mindeste, nicht wahr? Und dann habe ich sie selbst gezügelt, damit sie nicht *alles* überschatteten und uns so traurig machten, dass wir darüber verstummten und den Dialog unterbrachen, der für uns beide zu diesem Zeitpunkt unserer Geschichte so wichtig war.

Hatte ich denn nicht seit langem dem Prinzip zugestimmt, dass du, du allein, den Tag bestimmtest, an dem du dir das Leben nehmen würdest?

Hatte ich dir nicht sogar versprochen, feierlich versprochen, in jenem Augenblick an deiner Seite zu sein?

Größere Sorgen dagegen bereitete uns, dir und mir, meine Angst, diese organische Angst, die meiner Natur viel mehr entspricht als der Zorn.

Meine Angst war für dich ein Problem, wegen des Wettlaufs mit dem Tod.

Wie sollte ich damit umgehen? Wie sollten wir damit umgehen?

Der Wettlauf mit dem Tod … Wir waren nicht mehr von einem festgesetzten Datum bedroht, aber die Bedrohung blieb. Der Tag, den du bestimmt hattest, war zwar verschoben worden, doch nur um ein paar Wochen, einen Monat, vielleicht zwei, kaum mehr. Bald, sehr bald, würde es so weit sein.

Für mich hatte sich die Zeit plötzlich verändert. Sie war nicht mehr eine Summe von Tagen. Sie war zu einer Minusrechnung geworden.

Jetzt hieß es, jeden kommenden Tag, jede kommende Nacht abzuziehen, abzurechnen. Diesen Tag, diese Nacht aus dem Kalender zu streichen und zuzusehen, wie sie nacheinander verschwanden, sich Schritt für Schritt deinem selbst bestimmten Tod näherten.

Die Zeit des Rückwärtszählens auf deiner Lebensuhr hatte begonnen.

Wegen dieses Rückwärtszählens wollte ich keinen Schritt mehr vorwärts gehen.

Schlimmer noch, ich ging entsetzt ein paar Schritte zurück.

Mein Entsetzen erfüllte mich mit Schrecken, denn bei jedem Pendelschlag, jeder Bewegung des Uhrzeigers würde es größer werden, das stand fest. Wie groß sollte es noch werden?

Das tägliche Blättern im Terminkalender wurde zu einer Zwangshandlung. Dein Tod war unweigerlich darin verzeichnet. Ja, aber wo? An welchem Tag? In welchem Monat?

Ich sah ihn überall. Er vervielfältigte sich. Auf jeder Seite des Terminkalenders, die ich umblätterte, sah ich dich sterben.

Ich zog ab, rechnete ab, blindlings, wie eine Blinde.

Das Todesurteil. Die Todeszelle. Dort saß ich nun. Zu deinem Beschluss verurteilt, und noch dazu mit dem Gefühl, viel härter als du verurteilt worden zu sein, denn du hast ja das Urteil selbst gefällt, gelassen und völlig bewusst.

Das letzte Quartal in meinem Terminkalender

2002 ist vom vielen Hin- und Herblättern, von der verzweifelten Suche auf den Zeilen, zwischen den Zeilen ganz abgegriffen. Meine Augen sind von der vergeblichen Suche überanstrengt. Drei Monate dauerte die Vorwegnahme eines einzigen Tages, deines Todestages. Die Vorwegnahme deines Todes, den nur du, die Urheberin, vorhersagen konntest.

Jetzt bedauerte ich, dass ich das Datum nicht kannte. Im Ungewissen zu bleiben, erschien mir nun ebenso qualvoll, denn eins war sicher: Der Zeitpunkt stand fest und er rückte immer näher.

Eines Tages hielt ich es nicht mehr aus und stellte dir zu meiner eigenen Überraschung die Frage. Mit gespielter Ungezwungenheit und unbefangener Miene habe ich dich nach dem neuen Datum gefragt. »Ich dachte, du wolltest es nicht wissen!«

Ich habe protestiert. Wusste nicht mehr, was ich wollte! Ja! Nein! Ich war hilflos, hin und her gerissen.

Meine Hilflosigkeit hat dich gerührt. Du hast mich verstanden. Hast mein Dilemma verstanden.

Denn dieses Dilemma hattest du selbst erlebt, selbst empfunden, ehe du vor deinen versammelten Kindern den schicksalsschweren Satz aussprachst.

Solltest du es uns sagen? Solltest du es uns nicht sagen? Diese Frage hat auch dich gequält.

»Ich dachte, ihr wärt darauf vorbereitet, ihn zu hören …« Ja, tatsächlich, du konntest mit gutem Recht glauben, wir wären bereit. Ich hatte geglaubt, ich wäre es, denn schließlich hatte ich dir feierlich versprochen, zum gegebenen Zeitpunkt bei dir zu sein, um diesen Augenblick mit dir zu verleben ... doch kann man das? Kann man jemals bereit sein, aus dem Mund seiner eigenen Mutter das von ihr festgelegte Todesdatum zu hören, auch wenn das Prinzip, den Tod selbst zu wählen, schon seit langem akzeptiert ist? Nein, Mama. Das ist zu viel verlangt. Zu viel.

»Ja. Vermutlich. Vermutlich hast du Recht. Vielleicht hätte ich euch nicht ... nicht so eng mit einbeziehen sollen ...«

Deine Augen füllten sich vor Traurigkeit mit Tränen.

Die Traurigkeit in deinen Augen war mir immer unerträglich. Schon als kleines Mädchen spürte ich ihr nach, lauerte ihr auf, schon damals verzweifelt, dass ich nichts gegen sie tun konnte, wenn ich sie kommen sah, sobald du über deine Mutter sprachst und deine Kindheit ohne sie. Deine Mutter, die zu früh gestorben war.

Schon wieder fühlte ich mich wegen meines nicht gehaltenen Versprechens schuldig, wie an dem Abend, an dem du deinen Kindern deinen Entschluss mitgeteilt hast. Schuldig wegen einer Verfehlung, für die ich mitverantwortlich war. Denn hatte ich diesmal nicht ein wenig zu der Traurigkeit in deinen Augen beigetragen?

»Fühlst du dich einsam, ist das der Grund?«

Du hast dir mit deiner Antwort Zeit gelassen. Eine für uns beide notwendige Zeit, damit ich hören und du sagen konntest: »Ja. Ich fühle mich ein bisschen einsam. Aber das ist nicht schlimm. Mach dir keine Sorgen.«

Ich muss wohl erschauert sein, denn auch die Kälte der Einsamkeit ist schneidend, wenn sie mit dem Tod endet, selbst wenn sie nicht mit der des Todes vergleichbar ist.

Der Gedanke, dass du dich jetzt womöglich einsam fühltest, ließ mich erstarren.

Ich dachte: »Ich will nicht, dass du dich einsam fühlst.« Aber ich hatte nicht den Mut, diese Worte auszusprechen. Die Angst hielt mich davon ab, und wohl noch mehr die Angst vor meiner Angst.

Doch dass ich diese Worte dachte, hat dir offensichtlich genügt. Es war nicht das erste Mal, dass du meine Gedanken gelesen hast und hörtest, was unausgesprochen blieb.

Erst viel später sollte ich verstehen, warum und wie du gelächelt, mir zugelächelt hast ...

* * *

Ein paar Tage danach gabst du mir das Foto, ein Foto, das du aus mehreren Hunderten ausgewählt hattest. Erinnerst du dich noch?

»Was die Fotos angeht, so habe ich nicht mehr die Kraft und den Mut, sie zu ordnen. Das müsst ihr dann später tun ... Aber ich habe dieses hier gefunden. Das ist für dich!«

»Später« ... das sollte heißen »danach« ... Das »später« war die angehaltene Uhr.

Ich nahm das kleine vergilbte Foto, das du mir hinhieltst. In deinen Augen lag etwas Belustigtes, fast Schalkhaftes …

Du und ich sind darauf zu erkennen, in unserem Garten am Meer. Du trägst einen Knoten und ich habe noch meine Babylocken.

Jetzt muss auch ich über das lächeln, was dich zum Lächeln gebracht hat: die Situation, unsere Haltung … Eine Mutter, die ihr Kind in den Armen hält. Wie alt? Ein Jahr … Eine Mutter, die ihr Kind über hohem Gras *abhält*, bei einem morgendlichen oder abendlichen, auf jeden Fall sehr eiligen Pipi.

Wer hat uns bei dieser intimen Geste überrascht? Du erinnerst dich nicht mehr daran. Egal. Das Foto existiert, und dieses Foto unter Hunderten anderer willst du mir geben.

Das kann kein Zufall sein. Dieses Foto hat bestimmt einen Sinn, denn beim Wettlauf mit der Zeit bekommt alles einen tieferen Sinn. Wenn die Tage gezählt sind, zählt jedes nichts sagende Wort, jede unbedeutende Geste.

Diesen Sinn habe ich im ersten Augenblick nicht völlig erfasst. Erst als ich das Foto ein paar Tage später allein zu Hause betrachtete, entdeckte ich seine verborgene, rätselhafte Seite.

Im ersten Augenblick sah ich darauf nur eine Mutter und eine Tochter, die jede für sich, und dennoch vereint, in einer gemeinsamen, trotz ihrer Einfachheit fast sinnbildlichen Geste eine natürliche Aufgabe verrichten, die sie unzertrennbar werden lässt.

Im ersten Augenblick sah ich aber auch, wie unsere Körper gleichsam verschränkt waren, was mich an ein Gespann, wenn auch ein ungleiches, denken ließ. Doch vor allem fiel mir auf – und das geht aus dem Foto deutlich hervor –, dass der einzigartige Dialog zwischen dir und mir, was die Dinge des Lebens betrifft, dank dieser Haltung schon auf beispiellose Weise begonnen hatte.

So weit zur sichtbaren Seite des Fotos, die im Übrigen schon eine ganze Menge aussagt …

Was die verborgene Seite angeht, so waren eine gehörige Portion Entsetzen und viele Schritte zurück nötig, um sie ins Bewusstsein dringen zu lassen.

War ich an dem Tag, an dem mir das Foto sein ganzes Geheimnis preisgab, besonders hilflos gewesen?

An jenem Tag sah ich auf dem Foto jedenfalls etwas anderes, was nur durch ein wiederentdecktes Gefühl möglich war. Die magische Kraft des Wiederentdeckens … Ich lebte die Szene noch einmal. Sich genau an all das erinnernd, was er im Leben erlebt hat, führte mir mein Körper diese Szene aus ferner Zeit wieder vor Augen …

Ich spüre, wie mich deine Arme hochheben. In vollkommenem Gleichgewicht hänge ich fest an ihnen wie eine Schaukel.

»Hältst du mich auch gut fest?«

»Aber sicher, ich halte dich fest!«

Über mir der Atem aus deinem Mund, ein Atem,

der mich ermuntert, und das Kissen deiner Brüste an meinem Kopf.

Unter mir das hohe Gras im Garten, das meinen nackten Po streift. Die gefährliche Natur. Das Unbekannte.

»Na los, hab keine Angst!«

Hab keine Angst …

Das höre ich ganz deutlich. Mit deiner unverkennbaren Stimme.

Mit dem Unterschied jedoch, dass ich heute hilflos bin, wenn ich sie höre. Jetzt verstehe ich die Aufforderung der Mutter an die Tochter anders. Sie hat eine andere Wirkung. Das »Hab keine Angst« bezieht sich auf alle Ängste, alle Ängste von Töchtern.

Hab keine Angst, im hohen Gras Pipi zu machen. Hab keine Angst vor dem Tod deiner Mutter. Das ist das Gleiche. Ganz ähnlich, was die Haltung und Natur der Sache angeht. Ich sage zu dir »Hab keine Angst«, weil sich das eine wie das andere sanft und schmerzlos erlernen lässt, vorausgesetzt jemand hält dich fest, hält dich gut fest: über dem Gras, über dem Unbekannten. Ich, deine Mutter, halte dich fest. Du wirst schon sehen. Du kannst dich auf die Kraft meiner Arme verlassen. Ich zeige es dir. Ich bringe dir bei, wie du mit dem Tod, mit meinem Tod, umgehen sollst, so wie ich dir beigebracht habe, die Angst vor dem ersten Pipi im Garten unseres Hauses am Meer zu überwinden. Das ist das Gleiche, du wirst schon sehen. Und jetzt setz dich auf die Schulbank und schlag das

Heft auf. Wir blättern die Seiten gemeinsam um, bis zur letzten, wenn du willst …

Habe ich diese Szene geträumt, als sie mir wieder vor Augen kam? Das ist gut möglich. Ich kenne meinen unersättlichen Hang zu interpretieren, meine Tendenz, in dem geringsten Zeichen einen Sinn, in der geringsten Offenbarung der Wirklichkeit ein Zeichen zu sehen, aber auch du kanntest meine Neigung, und du hast mir schließlich dieses Foto gegeben, ausgerechnet dieses unter Hunderten anderer, und du konntest dir sicher sein, dass ich es unter die Lupe nehmen würde, um es bis zum letzten Quäntchen Sinn zu untersuchen …

Ich legte das Foto in mein Schmuckkästchen, das auf der Frisierkommode in meinem Schlafzimmer steht, und dort liegt es noch heute. Ich führte oft Zwiegespräche mit ihm – vor und nach deinem Tod. Vorher, um die kindliche Haltung wieder einzunehmen und mich zu vergewissern, dass du mich tatsächlich noch festhieltest, gut über dem Unbekannten festhieltest. Und nachher, um dir mit einer Kusshand zu danken.

Habe ich also die Szene geträumt oder nicht? Doch was ändert das schon? Wichtig ist nur die Kraft, die ich daraus geschöpft habe, die Geborgenheit, die du mir dort im Garten am Meer eingeflößt hast, unsere beiden verschränkten Körper, die Schaukel in vollkommenem Gleichgewicht, die erste Lektion für mich, wie ich in kindlicher Haltung über dem Leben, über dem Unbekannten schwebte.

Während ich dir diese Szene so beschreibe, wie sie mir wieder, im Traum oder nicht, vor Augen gekommen ist, habe ich den endgültigen Beweis dafür – falls ein Beweis überhaupt nötig ist –, dass der Sinn, den ich in das Foto gelegt habe, der einzig mögliche Sinn ist. Das Schreiben verleiht mir diese Gewissheit, denn auch das Schreiben ist eine Haltung.

Zu meiner Verblüffung wird mir klar, wie verwandt diese Szene mit jener aus meinem letzten Buch *Mit dem Kopf zuerst* ist. Ich habe sie die »Szene vom Tod der Mutter« genannt. Sie entsprechen sich völlig, besitzen den gleichen Rhythmus, verwenden die gleichen Metaphern vom Sturz in die Leere, von der Angst vor dem Unbekannten, und zeigen vor allem die Protagonisten in der gleichen Haltung, wie einer den anderen mit dem Körper schützt, um die Natur zu unterstützen, ihr Werk zu vollbringen, und wie einer dem anderen hilft, das Leben und den Tod zu akzeptieren.

In dem Roman hilft der Sohn Paul seiner Mutter beim Sterben. Auf dem Foto bist du es, die Mutter, die mich ins Leben einer Frau einführt.

Ich kann diese Entdeckung kaum fassen, obwohl sie durchaus ihre eigene Logik besitzt und es eine Erklärung für sie gibt. In unserem nie unterbrochenen Dialog hatte auch das Schreiben seinen Platz. Wie alle meine ganz persönlichen Belange hast du es von den ersten Zeilen an, die ich schrieb, begleitet, neugierig und zugleich verwundert über diese mir eigene, ein wenig rätselhafte Sache, von der du auf gar keinen Fall ausgeschlossen sein wolltest und die uns einander so nah brachte wie kaum etwas anderes. Ohne unsere Zwiegespräche über das Schreiben, in denen du übrigens zu keinem Zugeständnis bereit warst, hätten wir uns vielleicht voneinander entfernt, und die Bande, die uns vereinten, hätten sich vielleicht gelöst, ohne sich anderweitig neu zu knüpfen, denn Anderweitiges war mir weniger wichtig.

An der Szene vom Tod der Mutter hast du gewissermaßen teilgenommen ... Du hast sie entstehen sehen, aus einer gemeinsamen Eingebung heraus, die mich noch heute rührt.

Es war im Sommer vor zwei Jahren. Du warst für ein paar Tage in unserem Haus im Süden. Du wolltest die aus einer Ruine neu entstandene Mühle bewundern. Du wolltest sie in unserem Beisein sehen, mit U. und mir, damit du später in Gedanken dort bei uns sein und dir vorstellen konntest, wie wir dort lebten. Das war vor zwei Jahren, und wie gewöhnlich hast du kein Blatt vor den Mund genommen: »Ich komme bestimmt nie wieder. Ich sehe dieses Haus zum letzten Mal, und deshalb möchte ich ein paar Tage hier mit euch verbringen.«

Es stimmt. Du bist nie wieder gekommen.

Der Satz war dazu da, so verstanden zu werden, wie du ihn verstanden haben wolltest.

Dieses von uns neu gestaltete Haus mit einem *Sei gegrüßt – Lebewohl* zu beehren, war dein Wunsch, eine stählerne Klinge, die trotz deiner Zärtlichkeit so scharf war, dass sie wehtat.

Der Wettlauf mit der Zeit hatte damals noch nicht begonnen, aber der Schatten deines Todes zeichnete sich immer deutlicher vor unseren Augen ab. Deshalb habe ich, den in deinem Sinn verstandenen Satz im Ohr, diese Sommertage, wie ich mich noch deutlich erinnere, in dem Bewusstsein verlebt, dass es die letzten waren, die wir gemeinsam mit dir in diesem Haus verbringen würden.

Generalprobe oder Kostümprobe? Ja, so etwas Ähnliches war das. Ein paar Tage, in denen alle meine Gefühle von der zukünftigen Minusrechnung auf dem Kalender der Sommer, aller zukünftigen Sommer ohne dich, überschattet wurden. Ein paar Tage, in denen wir die gemeinsamen Stunden als etwas Einzigartiges erlebten, da es so etwas nie wieder geben würde. Ein paar Tage, in denen diese Mischung aus Freude und Melancholie bis zur Neige ausgekostet wurde.

Während dieser gemeinsam verlebten Tage habe ich zum ersten Mal ermessen können, wie erschöpft du warst. Der Ausdruck »Ich bin müde«, den du oft so traurig verwandt hast, bekam einen neuen, schmerzlichen Sinn. Ja, müde warst du, das ließ sich nicht leugnen – ich konnte dem nur machtlos und verzweifelt zusehen –, so müde, dass du versichertest, du würdest nie wieder in dieses Haus kommen, wovon ich ganz und gar überzeugt war. Du bist tatsächlich nie wieder gekommen.

In jenen Tagen habe ich den Tod der Mutter von Paul, dem Hermaphroditen Paul, beschrieben. Man könnte mir natürlich entgegnen, es sei reiner Zufall, dass ich bei deinem Besuch ausgerechnet an diesem Punkt von Pauls Geschichte angelangt war, an dem Zeitpunkt, an dem seine Mutter sterben würde, während ich dich gerade in dem Zimmer unter meinem Schlafzimmer untergebracht hatte.

Doch ich glaube nicht so recht an den Zufall, ebenso wenig wie du, nicht wahr? Auch unsere beiden Betten, deins im Erdgeschoss, meins im ersten Stock, standen übereinander, beinah wie ein Etagenbett, ebenfalls verschränkt. Ich nahm in dem Raum unter mir all deine Bewegungen wahr. Ich konnte verfolgen, wie langsam, wie mühsam sie waren. Ich spürte, wie deine Müdigkeit zu mir heraufstieg – lautlos, denn du wolltest mich nicht stören, da du wusstest, dass ich im Stockwerk über dir beim Schreiben war.

Die Worte, die mir in den Sinn kamen, die Worte über den Tod, da bin ich mir sicher, sind zu mir heraufgestiegen, aus deinem lautlosen Zimmer, wo du lesend im Bett lagst, eingehüllt in eine dicke Wollstola, denn dir war ein wenig kalt, wie du sagtest, mitten im Sommer kalt … *»Ein Sterbebett hat nichts mit anderen Betten gemein. Es ist eine kleine Mauer mit ungehindertem Blick auf den Tod.«* Pauls Mutter, die im Sterben lag, glich dir immer mehr. Eure beiden Gesichter verschmolzen miteinander. Bald starbst du in Pauls Armen …

»Wie geht es dir, mein Sohn?«

»Es geht … ein ständiges Kommen und Gehen …«

»Mit mir geht es zu Ende, das weißt du?«

»Ja. Deshalb bin ich gekommen.«

Ich war nicht Paul. Überhaupt nicht, ich war eine Frau, eine richtige Frau, aber würde ich deshalb auch kommen? Würde ich da sein, wenn du von der kleinen Mauer springst? Würde ich, wenn du springst, wie Paul *»unter das vom letzten Angstschweiß der Mutter feuchte Laken schlüpfen«*?

Das waren die Worte, die zwischen den beiden Zimmern geschrieben wurden, als deine große Müdigkeit zu mir in dieses Bett heraufstieg, aus dem ich dir heute schreibe – in der gleichen Haltung wie damals, über »deinem« Zimmer.

Du warst zuweilen in meinen Büchern gegenwärtig, aber diesmal war es noch etwas anderes. Ohne die drohende Aussicht auf deinen baldigen Tod, ohne die Kälte, die dich mitten im Sommer erfasste, ohne die unvermeidliche Feierlichkeit, die Worte und Gesten begleitete, und vor allem ohne diese unleugbare Mattigkeit, deren Ausmaß ich nun entdeckte, hättest du nie meine Feder auf so geheimnisvolle Weise geführt.

Ich musste dir von diesem rätselhaften Einklang berichten, aus dem die Worte entstanden sind, und wie ich dich in den liebevollen und ein wenig verrückten Armen eines Sohns sterben ließ, der zugleich eine Tochter war und der vor allem verhindern wollte, dass du dich beim Sprung von der kleinen Mauer des Todes an deren scharfen Kanten verletztest …

Wir saßen mittags im Schatten der Trauerweide zusammen, um Tomaten zu essen. »Weißt du,

Mama«, sagte ich zu dir, »heute Morgen habe ich den Tod der Mutter meiner Romanfigur beschrieben … Und … beim Schreiben habe ich viel an dich gedacht …«

Du hast mich mit einem Blick angesehen, den zu beschreiben ein ganzes Buch nicht ausreichen würde, mit diesem leuchtenden, direkten Blick, unter dem ich aufgewachsen bin, einem Blick mit wechselhaftem Himmel: »Das ist gut, mein Schatz«, hast du geantwortet.

»Das ist gut.« Es war gut, was ich da getan hatte. Du hast mich dazu beglückwünscht.

Du hast mir dazu gratuliert, dass ich dich auf so einfache, natürliche Weise mit Pauls Mutter habe sterben lassen. Das ist gut, mein Schatz. Genauso soll es sein. Mein Tod sollte sich ebenso leicht vorstellen lassen wie der einer Romanfigur. Es ist gut, meine Tochter, dass du bei der Generalprobe oder der Kostümprobe einer Szene bist, die bald gespielt werden muss, weil die Zeit reif ist, sie zu spielen – wegen der großen Müdigkeit, die auch dir Kummer macht, das weiß ich …

Die erste gute Note, die erste Auszeichnung für die Schülerin in der Schule des Todes, noch ehe der endgültige Wettlauf begonnen hatte.

Du warst stolz auf deine Tochter, während du im Schatten der Trauerweide mit Genuss eine Tomate gegessen hast. Dieser sichtbare Beweis meiner Lernbereitschaft ließ dich ganz fröhlich werden. Denn genau das hast du von mir erwartet: diesen Abstand, diese Distanz, vergleichbar der, die das

Schreiben erfordert. Und wider Erwarten habe ich mich über deinen Stolz gefreut. Deine Fröhlichkeit hat sich auf mich übertragen, angesichts meiner Glanzleistung, deinen Tod durchs Schreiben vorwegzunehmen, wofür ich mit einem Lachen belohnt wurde, einem gemeinsamen Lachen.

Ich dachte: Das Lachen gleicht dem Weinen aufs Haar, wie könnte man sonst Tränen über etwas lachen, über das man eigentlich weinen müsste.

Ich flehte die Götter an, dass unser Lachen das Weinen besiegt, wenn du von der kleinen Mauer aus den Tod herausforderst, und ich hoffte, dass die Kraft, die das Lachen verleiht, auch deinen unerhörten Abschied wieder wettmachte …

* * *

Das Wort »unerhört« scheint mir am besten das Gefühl auszudrücken, das deine Bemühung, den eigenen Tod zu banalisieren, in mir hervorrief.

Über dieses Gefühl haben wir oft diskutiert, du und ich, und diese Auseinandersetzung ist auch heute für mich noch nicht zu Ende, obwohl die Schule aus, das Heft mit deinem Namen geschlossen, die letzte Seite umgeblättert ist.

Die Lektion mit der Überschrift »Banalisierung des Todes« wollte ich nicht lernen. Ich übersprang sie. Mit diesem Teil der Unterweisung wollte ich mich nicht beschäftigen. Es ist dir nicht gelungen, mir dessen Überschrift und erst recht nicht dessen Inhalt nahe zu bringen.

Dein pädagogisches Talent war meiner Uneinsichtigkeit nicht gewachsen: Nein, der Tod, auch wenn er, wie du gesagt hast, »dem Lauf der Dinge entspricht« (du sagtest das mit solchem Nachdruck, dass ich mich fragte, ob du dich nicht selbst davon zu überzeugen suchtest), nein, der Tod, und erst recht nicht der deine, würde keine Kleinigkeit sein.

Die Tatsache, dass er dem Lauf der Dinge entsprach, ließ ihn in meinen Augen nicht zu einem banalen Ereignis werden. Ich möchte sogar hinzufügen: im Gegenteil.

Wie viele Nachmittage, vor allem zu Beginn (gegen Ende waren wir stärker darauf bedacht, unsere Energie nicht auf diese Weise zu vergeuden und sie für andere Dinge aufzusparen), verbrachten wir damit, über diese so umstrittenen Seiten des Hefts zu diskutieren, denen ich die Zustimmung verweigerte!

In diesem Punkt haben letztlich weder du noch ich das geringste Zugeständnis gemacht. Im Namen der Banalität hattest du im Übrigen mit so scheinbar großer Leichtigkeit das Datum des 17. Oktobers festgesetzt. Im Namen der Banalität wurde es uns angekündigt, so wie man den Zeitpunkt einer Reise oder irgendeines Vorhabens ankündigt, damit der Tag im Kalender angestrichen werden kann, in den vier Terminkalendern deiner vier Kinder. Dabei hast du ihren Zeitplan, ihre jeweiligen Verpflichtungen berücksichtigt, über deren Einzelheiten du genau informiert warst, um deine Kinder mit deiner Aufmerksamkeit und deinem zärtlichen, mütterlichen Blick unermüdlich begleiten zu können, und hast in deinem Kalender die Termine jedes Einzelnen notiert, die besonderen Ereignisse, die von dir erhöhte Aufmerksamkeit oder besondere Zärtlichkeit dem einen oder anderen gegenüber erforderten.

Das Datum des 17. Oktobers hattest du gewählt, wie du ausdrücklich sagtest, um »uns möglichst wenig Umstände zu machen«. Dein Tod sollte nichts an unserem Alltag ändern, oder nur sehr wenig … Er sollte keine Unordnung in unserem Leben hervorrufen, oder nur sehr wenig … Er sollte sich in den normalen Lauf der Dinge einfügen. Gewiss, dieser Tag würde anders sein als die anderen, ein bisschen feierlicher vielleicht, aber mehr auch nicht, ähnlich wie ein Geburtstag. Ja genau, wie ein Geburtstag.

Davonzugehen, ohne deinen Kindern Umstände zu machen, schien in deinen Augen das Mindeste zu sein, was man von dir erwarten durfte. Was berechtigt schon eine Mutter dazu, ihre Kinder mit ihrem Tod zu belästigen, vor allem wenn sie zweiundneunzig ist? Das frage ich euch!

Sie geht davon, weil es Zeit ist, zu gehen, das ist alles! So ist das nun mal, mein Schatz. Das ist der Lauf der Dinge!

Ich geriet in Wut, wenn du wieder mit dieser Geschichte anfingst, die aus einer schwer nachvollziehbaren Mischung aus Stoizismus, Fatalismus und tugendhaftem Eifer bestand.

»Aber Mama, ist dir eigentlich klar, was du da sagst?«

Ja, ja, das war dir klar. Dieser Wille, den Tod zu banalisieren, war Teil eines komplexeren Gedankengangs, einer ethischen, hierarchisch gegliederten Weltanschauung, einer Lebensphilosophie, in der dein Dasein als alte Frau nur einen geringen Stellenwert besaß.

Du hast dich zum Beispiel davor gescheut, einen Arzt zu rufen, und sogar, zu viele Medikamente einzunehmen, weil ein älterer Mensch, wie du glaubtest, wenn er schon noch am Leben ist, nur auf Zehenspitzen dableiben darf, still und leise, und sich schon ein bisschen tot stellen sollte, ehe er eines Tages endgültig tot ist, und nicht mit seiner lästigen Gegenwart jene stören darf, die lebendiger sind als er.

Das war für dich eine Frage der Moral, um nicht zu sagen des gesunden Menschenverstands.

Und daher hast du das Beispiel mancher Indianerstämme bewundert, bei denen die Tradition es will, dass eine Greisin, die ein Alter erreicht hat, in dem sie ihrer Familie zur Last fallen könnte, sich bei den ersten Schneeflocken diskret in den Wald zurückzieht, um zu sterben.

Die Schwierigkeit mit den Prinzipien beginnt in dem Augenblick, da man sie auf sich selbst anwenden soll. Das vorbildliche Handeln der indianischen Greisin fand auch ich im Prinzip bewundernswert, wenn auch sehr grausam. Ich wollte, dass du den ganzen Winter über in unserem Tipi in der Wärme bliebst. Wollte keine zusätzliche Flocke in deinem schneeweißen Haar sehen.

Das Beispiel der indianischen Greisin hast du wohl im Sinn gehabt, als du vor sechs Jahren nach Mali fuhrst. Sechsundachtzig warst du damals. Du gingst in einen kleinen Ort mitten im Busch, aber nicht auf Zehenspitzen, nicht still und leise. Als Hebamme oder treffender noch als »weise Frau«, wie man früher sagte, fuhrst du dorthin, um die vor langer Zeit gelernten und, wie du stolz verkündet hast, nie verlernten Handgriffe der Geburtshilfe auszuführen, mit dem Hintergedanken – und möglicherweise der geheimen Hoffnung –, dort im Busch zu bleiben und nie wiederzukommen, dich am frühen Morgen davonzustehlen, ohne dich umzuwenden, wie die alte Indianerin.

Das Problem, dass du möglicherweise nicht zurückkommen würdest, hast du ohne Umschweife und nicht ohne Humor durch ein außergewöhnliches Ansinnen gelöst, das geradezu legendär bleibt. Du hast den kühnen, reichlich ausgefallenen Wunsch geäußert, man solle dich, »falls dein Leben dort zu Ende gehe«, den Krokodilen im Niger oder einem anderen Fluss zum Opfer bringen, um so den Kreislauf der Natur zu fördern. Ich habe den förmlichen Antrag vor mir liegen, in deiner gestochenen Handschrift, die dir so gleicht, denn sie zeigt, wie wichtig es dir ist, Worten und Gedanken möglichst viel Wahrheit abzugewinnen. Das Erstaunlichste daran ist, dass es dir gelungen ist, die Zustimmung deiner vier Kinder zu erhalten.

Verwirrt habe ich dieses unglaubliche Papier unterzeichnet, ohne auch nur eine Sekunde die Sache ernst zu nehmen. Zu Unrecht: Man musste dir glauben. Heute sehe ich das nur zu gut. Du hättest dein Ziel erreicht, weil du das gleiche Versprechen einem Arzt aus Bamako abgerungen hast, jenem Mann, der, besorgt über eine eiternde Wunde an deinem Bein, die fünfstündige Fahrt auf ungeteerten Straßen zu deinem Dorf nicht scheute, um dich zu untersuchen, und der für diesen unangebrachten Eifer nur Schelte und bittere Vorwürfe erntete. Was? Eine stundenlange Fahrt durch den Busch, um eine sechsundachtzigjährige Greisin zu behandeln, während Dutzende von Frauen seit Wochen in dem Dorf auf den Doktor warteten, den einzigen weit und breit, finden Sie das etwa richtig, hm?

Nun, auf die Krokodile hast du schließlich schweren Herzens verzichtet, nachdem du dich auf U.s Rat hin davon überzeugt hast, wie wenige Flüsse es in jener Gegend gibt. Der Festschmaus für die Krokodile hätte den Menschen dort erhebliche Schwierigkeiten bereitet. Dann blieb dir noch die Möglichkeit, deine sterblichen Überreste der dortigen medizinischen Fakultät zu überlassen, da du diese Entscheidung auch schon vor Jahrzehnten in Paris getroffen hattest, ein Wunsch, der das Bild deines Todes gewiss nicht gerade in poetisches Licht tauchte, auch wenn ich für diese Geste durchaus Verständnis hatte …

Ich muss lächeln, während ich diese Zeilen

schreibe, weißt du das? Ich lächele über diese Seite, die einzigartig an dir ist, nicht nur weil du meine Mutter, meine einzigartige Mutter bist, sondern weil du diese unvergleichliche Begabung hast, völlig ausgefallene, um nicht zu sagen, völlig verrückte Dinge anzustellen. Das hat mich schon immer beeindruckt, ja fasziniert, denn das exzentrische Verhalten, dessen du fähig bist, entbehrt jeder Berechnung, ist ungekünstelt. Es ist einfach natürlich. Du verblüffst auf natürliche Weise, vor allem mit Dingen, bei denen man es am wenigsten erwartet. Ich weiß nicht, wie du es fertig gebracht hast, dir trotz deiner strengen Erziehung, deines ausgeprägten Pflichtbewusstseins und deines übersteigerten Sinns für Moral diesen Hang zu exzentrischen Verhaltensweisen zu bewahren, auf jeden Fall hast du ihn, er ist dir sogar gewissermaßen zur zweiten Natur geworden, so dass ich mich manchmal frage, ob er nicht eine Rolle in deinem Verhältnis zum Tod, zu deinem eigenen Tod gespielt hat. Das schließt natürlich die philosophische Dimension deines Engagements das Lebensende betreffend nicht aus.

Diese Originalität schien ein wesentlicher Zug deines Charakters zu sein, etwas, gegen das du nicht ankamst und das dir entglitt, was dich in meinen Augen noch liebenswerter, noch reizvoller machte.

Und da bin ich wieder bei deinem unerhörten Verhalten angelangt und vor allem dem Willen, alles, was den Tod angeht, um jeden Preis zu banalisieren. Deine exzentrische Seite, die in ihrer Maßlosigkeit diesen Willen noch verstärkt, ist daran nicht ganz unbeteiligt. Denn dieser hartnäckige, im Grunde ganz und gar nicht banale Wille zu banalisieren erscheint mir durchaus extravagant.

Ich erinnere mich, dass ich mit dir darüber gesprochen und dich auf dieses Paradox aufmerksam gemacht habe. Du hast es nicht abgestritten, auch wenn du der Ansicht warst, ich dächte zu viel ... Ich habe dir damals wohl geantwortet, dass zu vieles Denken mir helfe, nicht an die Sache zu denken. Die Sache – ich konnte keinen Namen für sie finden, sie vor allem nicht als Selbstmord bezeichnen, ein grässliches Wort und ein grässlicher Gedanke; beides passte überhaupt nicht in das Bild, das du von deiner geplanten Handlung vermitteln wolltest. Nur solange man sich auf den Sinn dieser Handlung beschränkte, war es möglich, abstrakt darüber zu reden. Und dann platzte ich los: Nein, du kannst mir nicht einreden, dass dein Tod ein dunkler Schatten ist, der sich nur einen Tag lang über mein Gesicht legen wird, auch wenn der Gedanke verlockend ist. Nein, der Tag, an dem du stirbst, kann und darf nicht nur so etwas wie ein Geburtstag sein, denn an dem Tag, an dem du stirbst, sterbe auch ich ein wenig, was immer du auch tust!

Ich machte meinen Anspruch auf Kummer und Verzweiflung geltend. Ich hatte ein Anrecht auf mein Leid, schließlich war ich deine Tochter! Dieser Schmerz gehörte mir, mir allein! Dieses Leid war Teil meiner Freiheit!

Und daran kannst du, meine Mutter, nichts ändern, auch wenn du dieses Leid nicht wahrhaben willst, um mich vor mir selbst und – wie ich später begreifen sollte – um auch dich vor dir selbst zu schützen! Dagegen bist du machtlos! Du hattest nicht das Recht, den Schmerz einer Tochter zu verhindern, die plötzlich ihrer Mutter beraubt wird!

Jedem das Seine, was Rolle und Wahl angeht. Für dich der Tod. Für mich die legitime Klage.

Ich übertrieb dabei – dazu neige ich nun mal – und erklärte schon im Voraus, immer und ewig untröstlich zu sein, redete mich mit schriller Stimme und schrillen Worten in Rage, bis ich merkte ... dass du lachtest!

Verhalten, gutmütig, zärtlich – aber du lachtest!

Eine halbe Sekunde, na gut, eine ganze Sekunde lang hasste ich dich, bis ich wieder von den schrillen Höhen, vom Gipfel der Entrüstung herabkam, deine Hand auf meiner spürte und dein erfrischendes Lachen meinen Tränen ein Ende machte.

Schon wieder das Lachen ... Wird es uns mit seiner magischen Kraft während der gesamten Reise in deinen Tod begleiten? Wird es für uns beide das ideale Gegenmittel sein, um die Tragik zu bekämpfen?

Ich nahm dich in die Arme. Ich wollte, dass sich dein Lachen auf mich überträgt, in mich dringt. Wollte mich von seiner grenzenlosen Macht beseelen lassen.

Und während ich dich an mich drückte, hatte

ich, wie schon mehrfach, den Eindruck, dass du kleiner warst als beim letzten Mal. Ich dachte: Es ist seltsam, wenn man spürt, wie die eigene Mutter, die einem so lange überlegen war, auf einmal so zittrig und schwach geworden ist. Dennoch ging von dir die ganze Kraft dieses heilsamen Lachens aus, das ich gierig aufsog …

Manchmal kämpfte ich nach der Lachpause wieder gegen deine Argumente an, oder wir sprachen einfach über etwas anderes …

Ist es nicht erstaunlich, dass wir auch imstande waren, über etwas anderes zu sprechen, als ob nichts gewesen sei und als hätten wir das ganze Leben – dein ganzes Leben – vor uns, um uns zu unterhalten?

Denn die Heimlichtuerei, das Gehen auf Zehenspitzen, hatte Grenzen. Du hast dir nicht versagt, auf deine Weise am hektischen Treiben der Welt teilzunehmen (wo du bis zuletzt sehr engagiert geblieben bist, alle, die dich gekannt haben, wissen das), du hast Stellung bezogen, dich informiert, und zwar stets mit wachem, kritischem Geist und voller Temperament, du wechseltest von einem Thema zum anderen, kamst von einem politischen Ereignis auf eine Bemerkung über meine Haarfarbe, von einer moralischen Ungerechtigkeit zu einer scharfsinnigen Analyse der Frauenherzen.

Ich weiß nicht, ob es dir gelungen ist, im Verlauf dieser leidenschaftlichen Gespräche zwischen Mutter und Tochter, dieses Gedankenaustauschs von wunderbarer Offenheit, nicht mehr daran zu denken, dass diese Augenblicke gezählt waren, seit du das Datum, das neue Datum, im Kopf hattest. Ich habe dir diese Frage nicht gestellt. Aber ich würde sagen ja und nein.

Ja, weil sich in deiner Haltung, deinen Worten, deinem Interesse an den Dingen nichts geändert hatte. Du warst unverändert, ganz und gar unverändert, wenn du Fragen gestellt, Scherze gemacht hast, plötzlich düster wurdest, gerührt warst, Entrüstung, große Freude oder Mitleid gezeigt hast, und du warst dennoch nicht die Gleiche, denn bei genauerem Hinhören, bei genauerem Hinsehen entdeckte ich immer eine Bemerkung oder eine Geste, die mich daran erinnerte, dass du uns bald verlassen würdest, so als wolltest du sichergehen, dass sich dein Tod auch wirklich in mein Gedächtnis eingeprägt und ich ihn nicht aus dem Bewusstsein verdrängt hatte.

Im ersten dieser drei außergewöhnlichen Monate habe ich ein- oder zweimal gegen dieses nachdrückliche Beharren, das ich tyrannisch fand, protestiert:

»Hör zu, Mama. Ich habe es nicht vergessen. Quäl mich nicht ständig damit. Ich möchte diese gemeinsamen Stunden mit dir verleben, ohne immer wieder daran erinnert zu werden. Mit deinen Anspielungen verdirbst du alles! Warum tust du das?«

Angesichts deiner schlichten Erwiderung verstummte ich fassungslos: »Aber mein Schatz, das tue ich doch nicht aus Grausamkeit, ganz im Gegenteil! Das tue ich, damit du dich daran gewöhnst, damit du dich mit dem Gedanken an meinen Tod vertraut machst. Der Tod, weißt du, lässt sich durchaus zähmen! …«

Der freiwillige Tod der eigenen Mutter lässt sich zähmen? Wie soll man so einen Einwand bloß verstehen? Entweder bist *du* nicht ganz bei Sinnen oder *ich* nicht, oder soll ich mich vielleicht damit trösten, dass wir beide nicht mehr ganz bei Trost sind? Und zu allem Übel hast du diese völlig unverständliche, obskure Antwort mit einem Blick begleitet, in dem die ganze Zärtlichkeit einer Mutter zum Ausdruck kam …

* * *

Ich beuge mich über mein Blatt Papier. Gebe mir Mühe. Mit acht Jahren gibt man sich Mühe. Wie jeden Abend in jenen seligen Jahren mache ich nach der Schule in einem Winkel deines Behandlungszimmers neben dir meine Hausaufgaben.

Ich passe auf, dass ich das makellose Weiß deiner Arbeitsfläche – so nennst du den hohen gekachelten Tisch, auf dem du deine Flakons aufbewahrst – nicht mit Tinte bekleckse, denn ich darf nur bleiben, wenn ich dich nicht bei der Arbeit störe.

Ich bin eine kleine indiskrete Maus und sehe dem ununterbrochenen Andrang der Jungen zu, der aufsässigen Jugendlichen, die in dieser so genannten »Besserungsanstalt« gelandet sind, die mein Vater leitet; und du stehst ihm dabei mit großen Mengen Jodtinktur und vielen besänftigenden Worten zur Seite.

Wenn du intimere Bereiche verarzten musst, bittest du mich, einen Augenblick hinauszugehen, und ich trete vor Neugier und Ungeduld hinter der Tür von einem Fuß auf den anderen, aber im Allgemeinen darf ich bei dieser Geschichte dabei sein. Und ich lasse mir nicht das Geringste entgehen.

Hier habe ich wohl gelernt, dass die Wehwehchen des Körpers und der Seele ein äußerst erstaunliches Duo bilden. Dir verdanke ich es, dass ich später in allen meinen Büchern deren Harmonien und Unstimmigkeiten nachgespürt habe.

Das Pflaster, das du auf einen Ellbogen oder ein Knie klebtest, vermochte viel weniger als die Worte, die es begleiteten. Auch das habe ich sehr früh begriffen.

Deine Allmacht drängte sich mir auf, wenn dein Kittel – weiß wie die Kacheln unter meinem Hausheft – um diese sensiblen Aufrührer herumwirbelte, die, an Leib und Seele verarztet, mit einem Lächeln auf den Lippen den Raum verließen.

Als ich sah, dass du so viele Qualen lindern konntest, die, wie mir schien, bei diesen Quasi-Waisen, denen du die Mutter ersetztest, kaum zu besänftigen waren, hielt ich dich für unbesiegbar. Und von unbesiegbar zu unsterblich war es nur ein Schritt, den ich unversehens machte. Ein Irrglaube. Eine sehr gefährliche Angewohnheit, so etwas zu glauben.

Du hast jenen denkwürdigen Abend nicht vergessen, an dem wir das Behandlungszimmer verließen, um nach Hause zu gehen, nachdem du den letzten Jungen verarztest hattest und ich mit meinen Hausaufgaben fertig war. Wir liefen bei Einbruch der Nacht unter den großen, vom Wind gepeitschten Bäumen durch den Park. Was wir uns damals erzählten (eine Szene, die wir uns sehr oft in Erinnerung gerufen haben), ist Teil unseres gemeinsamen Erfahrungsschatzes, unserer innigen Verbundenheit, aber diesmal in einer anderen Haltung: der einer Mutter und ihrer kleinen Tochter, die eng umschlungen, Arm in Arm unter einem drohenden Himmel durch den Novemberwind gingen.

Ich habe dir, der Unbesiegbaren, der Unsterblichen, meine glühende Liebe erklärt, die Liebe einer überglücklichen und zugleich sehr ängstlichen Tochter, denn der Wind war sehr heftig, der Himmel sehr verhangen: »Weißt du, Mama, heute habe ich in der Schule zu (es folgte der Vorname meiner Freundin, meiner derzeit besten Freundin) gesagt, dass ich dich anbete. Und weißt du, was sie geantwortet hat?«

»Nein. Was hat sie denn geantwortet?«

»Sie hat gesagt: Man betet nur Gott an!«

Ich höre noch dein Lachen. Höre noch deine belustigte Antwort, während du mich im Wind, der unsere beiden Körper schüttelt, fester in den Arm nimmst: »Deine Freundin hat schon Recht. Dass du mich liebst, genügt mir, mein Schatz.«

»Ja, aber ich will dich anbeten!«, erwiderte ich lautstark, behielt jedoch das Ende des Satzes, das mich lange wie ein geheimer Glücksbringer verfolgen sollte, für mich, denn die letzten Worte »dann wirst du nie sterben!« wagte ich nicht zu sagen. Sie auszusprechen wäre ein Frevel gewesen.

Von diesem Augenblick an schrieb ich ihnen eine wunderwirkende Kraft zu, wie es nur ein kleines Mädchen tun kann, das sich von Gotteslästerungen angezogen fühlt und sich zugleich vor ihnen fürchtet – eine magische Tugend, die mir zu schweigen gebot.

Für meinen abergläubischen Blick waren Anbetung und Unsterblichkeit ein und dasselbe. Ich war unfähig, sie voneinander zu trennen, ebenso wenig wie dich und mich, wenn wir eng umschlungen, Arm in Arm unter den großen, vom Novemberwind gepeitschten Bäumen durch den Park gingen. Wie dem auch sei, meine damalige beste Freundin hatte genau wie du in mir ein ernsthaftes, vermutlich unheilbares Symptom gewittert: Ich liebte dich abgöttisch und hatte zwanghafte Angst, dich zu verlieren.

Auf diese Zwangsvorstellung geht meine Schwäche wie auch meine Stärke angesichts deines angekündigten Todes zurück. Die Odyssee, zu der sie mich gezwungen hat, um mit dem kindlichen Glauben und dem kindlichen Frevel fertig zu werden, ohne den einen noch den anderen zu verleugnen, ist unvorstellbar. Man verleugnet doch nicht das Kind, das man einst gewesen ist.

»Dann wirst du nie sterben« … Dieser Wunsch des heftig liebenden Kindes hat mich so beseelt, dass diese herausfordernde Haltung deinem Tod gegenüber heute eine seltsame, eher sanfte als bittere Leere in mir hinterlassen hat, die ich nicht gefüllt habe, weil sie nicht gefüllt werden kann. Eine unglaublich gelassene, nein, besänftigte Leere, von der ich dir erzählen möchte, dir als Erste, denn du hast sie ermöglicht …

Mehr als ein Monat war vergangen, seit der Wettlauf begonnen hatte, und zwar in einem Tempo, das ich paradoxerweise nur in deiner Anwesenheit, nur wenn ich bei dir war, kontrollieren konnte. Rätselhaft. Ich hatte mir noch nicht eingestanden, dass du der Auslöser meines Schmerzes warst und zugleich die Einzige, die ihn zu lindern verstand, dass du also sowohl die Ursache wie auch das Heilmittel eines Leidens warst, für das ich mir kein Pflaster vorstellen konnte. Ich war nicht imstande, den weißen Kittel zu erkennen, obwohl er Tag und Nacht um meinen Kopf herumwirbelte, denn die Pendelschläge versetzten mich so sehr in Schrecken, dass ich vor Entsetzen geblendet war.

Später sollte ich verstehen. Später sollte ich den Kittel sehen und die Worte hören, die die Wunde schließen und sie zugleich öffnen, und ich sollte verstehen, warum du sie selbst mit einer Klinge, scharf wie ein Fallbeil, wieder geöffnet hast.

* * *

Fallbeil! Was für ein grässliches Wort! Irgendetwas muss sich wohl in meinem Schülerhirn geändert haben, denn das Wort kam mir nicht mehr angemessen, überhaupt nicht mehr angemessen vor, seit ich die Seiten des Hefts, das in schwarzen Lettern deinen Namen trägt, auf meiner Schulbank umblätterte.

Fallbeil! Das Wort war viel zu blutig! Es machte aus dir einen Henker, und das bist du nicht. Ein blutrünstiges Wesen, und das bist du nicht.

Als das Datum in sieben stahlharten Worten Kontur annahm, hatte ich nur die scharfe Klinge gesehen und wohl vergessen, dass ich schon viel getan hatte, um mich darauf vorzubereiten.

Die Kälte, die mich damals durchdrang und mir das Blut in den Adern erstarren ließ, hatte mich sogar meine prinzipielle Zustimmung vergessen lassen, es sei denn, ein unangenehmes Gefühl der Scham rief sie mir wieder ins Gedächtnis. Als litte ich an Amnesie. Eine Gedächtnislücke, die auf den Schock des »Fallbeils« zurückging.

Ich muss mich wohl verändert haben, denn trotz der verrinnenden Zeit konnte ich den Dingen in manchen Augenblicken viel ruhiger und besonnener entgegensehen – wie früher, vor der Ankündigung. Ich konnte mich wieder daran erinnern, dass ich dir meine uneingeschränkte Zustimmung gegeben, deinen Entschluss, dir das Leben zu nehmen, sobald du den Zeitpunkt für gekommen hieltest, gebilligt und den Gedanken akzeptiert hatte, dass du deinen Tod selbst bestimmen würdest: für dich ein wesentlicher Moment in deinem Leben, deinem Leben als unabhängige Frau.

Diese nach langer, reiflicher Überlegung getroffene Entscheidung war für dich zu einer Lebensphilosophie geworden, zu einer geistigen Herausforderung, besser noch zu einem Engagement, einer kämpferischen Aktion, für die du dich zu Beginn gemeinsam mit unserem Vater und nach dessen Tod allein und noch motivierter eingesetzt hast. Im Übrigen hast du bis zum Schluss den Verein, der sich dieser Sache verschrieben hat, mit deinem unerbittlichen, unfehlbaren Eifer unterstützt und gefördert.

All das war mir durchaus bewusst. Ich konnte die moralische und geistige Entwicklung, die dich dorthin geführt hatte, nachvollziehen. Ich war einer Meinung mit dir, was ihre Berechtigung und unfehlbare Logik anging.

Das Recht, in Würde zu sterben, war für dich eine Pflicht geworden, und das Prinzip dieser Pflicht hatte ich anerkannt. Ich bewunderte die Stringenz deiner Argumentation und sagte mir, dass ich sie eines Tages, falls ich mit einer möglichen Form der Unwürdigkeit konfrontiert sein sollte, auch für mich in Erwägung ziehen würde.

Doch alles hing von der Definition von Unwürdigkeit ab. Wo beginnt sie? Nach welchen Kriterien soll man urteilen? Wo liegt die Grenze des Unerträglichen?

Über diese Fragen habe ich oft mit dir diskutiert – und mich dabei nicht selten zur Wehr gesetzt –, aber nicht nur mit dir, sondern auch mit der Handvoll jener, die ins Vertrauen gezogen waren und aufmerksam und wohl ein wenig entsetzt meine Qual über deinen angekündigten Tod verfolgten.

Seltsamerweise kam ich, ohne zu zögern, dir immer dann zu Hilfe, wenn dein Entschluss angegriffen wurde. Ich kämpfte, verteidigte dein Recht, geriet fast in Ekstase über deine innere Stärke, deinen Mut, doch kaum hatte ich gesiegt – so schien es mir jedenfalls –, überfielen mich wieder furchtbare Zweifel. Und dann kehrte ich zur Quelle dieser Angst zurück, zu dir also – denn du hattest sie ausgelöst –, um bei dir die Kraft zu suchen, dich erneut zu verteidigen, denn nur deine Gewissheit konnte die meine bestärken: »Mama, bist du sicher, dass es nicht zu früh ist?«

»Ja, mein Schatz, ich bin sicher. Ich weiß es. Ich spüre es. Nur ich kann das spüren, das wissen.«

Nur du? Natürlich nur du! Wer sonst sollte die Grenze des Unerträglichen konkret einschätzen, da keine höhere Macht außer dem eigenen Gewissen dein Denken und dein Handeln bestimmte? Wer sonst konnte sich das Recht herausnehmen, deine innere Überzeugung davon, was Würde oder Unwürdigkeit für dich bedeutete, anzugreifen oder sich ihr zu widersetzen? Deine Kinder? Im Namen der Liebe? Nein, nein, nicht einmal sie!

Was wussten wir denn wirklich vom Körper unserer Mutter, der heute so geschwächt und verbraucht, von ihrer seelischen Verfassung, die jetzt von so großer Müdigkeit gezeichnet war? Wir waren eben nicht du. Die Nabelschnur war durchschnitten. Wir waren zur Welt gekommen. Waren anders als du. Und was die Liebe anging, so konnte auch sie nicht die unüberbrückbare Kluft zwischen dir und deiner Tochter überwinden, es sei denn, man legte der Liebe Fesseln an und zwänge sie, das hinzunehmen, was man nicht hinnehmen kann: die endgültige Trennung.

Nach vielen Versuchen, diesen Zwang, diese Fesseln zu akzeptieren, spürte ich, dass sich mein Anspruch, mein kindlicher Anspruch, dich im Namen der Liebe noch länger in meiner Nähe behalten zu wollen, in Wirklichkeit gegen die Liebe richtete. Ein Paradox ohne Ausweg?

Du wusstest, dass ich eine solche Trennung schon einmal erlebt hatte, dass ich zu meinem großen Schmerz schon damit konfrontiert worden war. Ich hatte es als junge Frau, als Jungverheiratete mit jenem erleben müssen, der mir nach Jahren der Unzertrennlichkeit für immer entrissen wurde.

Auch F. hatte mir seinen Tod angekündigt, mich im Namen der Liebe gebeten, ihn sterben zu lassen …

»Aber das kannst du doch nicht vergleichen! F. war krank, sterbenskrank! Er hielt die Qualen nicht mehr aus! Er hat mich um das Recht gebeten, die wenigen Tage, die er noch zu leben hatte, abkürzen zu dürfen!«

Du hast nicht darauf geantwortet. Deine Augen

haben mir geantwortet. Sie sagten, doch, doch, das lässt sich durchaus vergleichen, auch wenn es nicht genau das Gleiche ist. Ich hörte, was mir deine Augen sagten. Sie sagten, dass für dich nun der Augenblick gekommen sei und dass ich, um es zu verstehen, mit der gleichen Schwindel erregenden Geste Vereinigung und Trennung vollziehen müsse – die Vereinigung, um eins mit dem anderen zu werden, ihn von innen heraus zu begreifen, die Trennung, um mich damit abzufinden, dass der andere dem Tod allein entgegentreten muss –, um mich anschließend mit blutendem Herzen und herzzerreißendem Abschiedsschmerz auf den Zehenspitzen davonzuschleichen.

Abschiedsschmerz. »Ja, du kannst jetzt sterben« zu dem sagen, den man nicht verlieren will. »Ja« zu dem geliebten Wesen sagen, das davongehen will, auch wenn man weiß, dass es leidet und die Qualen seines Körpers einen quälen. Musste ich noch einmal mit dir diesen Schmerz erleben, obwohl du nicht sterbenskrank warst und noch länger leben konntest? Und schon wieder wollte ich dich zurückhalten. Ich fürchtete mich vor dem Abschiedsschmerz. Konnte mir nicht vorstellen, dass die Trennung erfolgen könne, ohne dass es mich zerriss. Doch auch da hatte ich mich geirrt. Ich hatte einfach vergessen, dass du auch Hebamme warst …

* * *

Mittwoch, der 16. Oktober. Mein Geburtstag, der Tag, an dem ich auf die Welt gekommen bin. Ich habe dir nicht alles gesagt.

Am Geburtstag wacht man nicht wie an einem gewöhnlichen Tag auf. Ein Geburtstag ist mit Gefühlen befrachtet.

Zum momentanen Befinden – ob nun glücklich oder unglücklich – kommt noch etwas anderes hinzu, dessen Auswirkungen nicht abzusehen sind: das deutliche Bewusstsein der verrinnenden Zeit und mit ihm oft die plötzliche Erinnerung an alle vorangegangenen Geburtstage, und zwar in einer einzigen, blitzartigen Vision, die sie alle miteinander verschmelzen lässt und uns – manchmal, oft, immer – mit einem Gefühl der Nostalgie erfüllt.

An meinem Geburtstag denke ich, sobald ich die Augen geöffnet habe, an dich, die mir das Leben geschenkt hat, denke zurück an die erste aller Mutter-Tochter-Haltungen, aller Tochter-Mutter-Haltungen, die sich noch so oft wiederholen sollen, an unseren allerersten Dialog.

Am 16. Oktober 2002 legte sich, kaum dass ich die Augen geöffnet hatte, der Schatten des Todes auf mich.

Als ich die Augen öffnete, sah ich weder die flammende Schönheit des Herbstes noch die reine Anmut der Lilien, die U. mir geschenkt hatte. Nur die schwarzen Lettern deines Namens auf dem Heft, dessen Seiten ich hartnäckig umblätterte.

Mit gleicher Post trafen in schöner Gemeinsamkeit dein Geburtstagsgruß ein und, vom anderen

Ufer des Atlantiks, der Brief meines Sohnes A., der den Tag auch nicht vergessen hatte, und verdoppelten meine Tränen.

Der erste Brief richtete sich an die Tochter, der zweite an die Mutter – mit der gleichen Zärtlichkeit. Als Mutter fühlte ich mich überglücklich, als Tochter einsam und verlassen.

Unmöglich, an diesem Morgen beides miteinander zu versöhnen und das Band zu sehen, das sie im »Lauf der Dinge« vereinte, der dir so wichtig war. Undenkbar, sich darauf einzustellen, dass die Tochter bald, sehr bald nur noch Mutter sein würde.

Denn dieser Gedanke setzte voraus, dass ich bereit war, Geburt und Tod als etwas Untrennbares zu betrachten. Du wusstest das natürlich, ich damals aber noch nicht.

An jenem Morgen habe ich wohl meinen Tod gleichzeitig mit dem deinen beweint.

Während ich die beiden Briefe las, die an jenem Morgen eingetroffen waren, musste ich gleichzeitig jede Zeile des Hefts, das deinen Namen trägt, beherzigen, denn jede Zeile erläuterte den Sinn der Briefe, stellte in der Lektion mit der Überschrift »Geburtstag« eine Beziehung zwischen ihnen her.

Diese Lektion des 16. Oktobers 2002 habe ich nicht überspringen, nicht auslassen können. Ohne sie hätte ich die darauf folgenden Seiten nicht verstanden. Ich hätte den Unterricht plötzlich abgebrochen und wäre – hilflos, wie ich jetzt weiß – auf halbem Weg mitten in der Furt stehen geblieben, unfähig weiterzugehen und erst recht kehrtzumachen.

Ohne den Geburtstag hätte ich nicht mit dir Schritt halten können. Ich wäre dir nicht bis zum Schluss dorthin gefolgt, wo du und ich verabredet waren und wo ich, ohne es zu ahnen, mit mir selbst verabredet war, da dort meine Geburt mit meinem Tod verschmolz. Ich hätte dich allein weitergehen lassen, wie die alte Indianerin bei den ersten Schneeflocken, und wäre heute nicht jene, die ich dank deiner Hilfe geworden bin.

Beim Rückwärtszählen der Tage war ich in der Mitte angelangt, an der Nahtstelle des Hefts, an der es sich öffnet oder wieder schließt, je nachdem ob man die Seite umblättert oder nicht.

Endlos der Geburtstag und schwer das Umblättern der Seite, die alles entscheidet: ob das Heft offen bleibt oder sich schließt! Ich habe dir nicht alles gesagt.

Am schlimmsten war die Stunde meiner Geburt am frühen Nachmittag, wegen des Rituals, das schon immer (man sagt »immer«, wenn man nicht mehr genau weiß, wie weit die älteste Erinnerung zurückreicht, eben deshalb, weil sie so weit zurückliegt), wegen des Rituals, das also schon immer diesen Augenblick begleitet hat, egal, wo wir waren, du und ich.

Auf die Sekunde genau klingelte jedes Jahr in dem Augenblick, in dem ich auf die Welt gekommen war, das Telefon. Du warst es. Du sagtest kein Wort. Keinen Ton. Nicht einmal deinen Namen.

Nein, erst nach einem seltsamen Schweigen, das Jahre zu dauern schien, ahmtest du das Quäken eines Neugeborenen nach. Und ich lachte, wenn ich es hörte, wenn ich dich hörte. Ich lauschte, wie ich geboren wurde, denn durch deine Stimme kam ich auf die Welt, mit jedem Geburtstag ein Jahr älter …

Wie warst du darauf gekommen? Hatte die Mutter diese Idee gehabt oder war es die Hebamme, der das Geschrei der Neugeborenen noch in den Ohren klang?

Wie dem auch sei, Jahr für Jahr wäre ich ohne diesen Schrei nicht wirklich auf die Welt gekommen, meinen Schrei als Neugeborenes, den du als meine Mutter endlos erschallen ließest, um so immer wieder die Niederkunft gemeinsam mit mir zu erleben.

Daher ist es nicht verwunderlich, mit welcher Ungeduld ich diesen 16. Oktober erwartete. Mit welcher Ungeduld ich den Schrei meines Auf-die-Welt-Kommens zu hören hoffte, von dem ich wusste, es würde der letzte sein.

Zum besagten Zeitpunkt setzte ich mich neben das Telefon, das zwischen Blumensträußen auf dem Tisch stand, die seit dem Vormittag immer zahlreicher geworden waren, gleichsam wie freundliche Hände, die mir zu einem festlichen Empfang entgegengestreckt waren. Ich war bereit.

Ich war bereit, aber zum besagten Zeitpunkt blieb das Telefon still.

Es war noch nie vorgekommen, dass du mich zu

jener Stunde nicht angerufen hast, dass ich nicht meinen Schrei als Neugeborenes hörte.

Das Telefon, das klingeln soll und nicht klingelt, schrillt im Kopf derer, die vergeblich darauf warten.

Das Datum des 17. Oktobers, das zunächst angekündigte Datum deines angekündigten Todes, hatte ich auch nicht vergessen. Nachdem es schon meine düstere Stimmung beim Aufwachen ausgelöst hatte, dröhnte es jetzt durch die lärmende Stille in meinem Kopf, der inmitten all der wohlgemeinten Blumen, die mir auch nicht helfen konnten, dem Telefon zugewandt war.

Wegen dieses ersten Datums, das wie ein Fallbeil über unseren Köpfen geschwebt hatte, glaubte ich, du seist tot.

Generalprobe oder Kostümprobe? Du warst tot. Nur dein Tod konnte erklären, dass du dich zu besagter Stunde nicht gemeldet hattest.

Ich spürte die Kälte. Die Kälte des aus der Stille eines stummen Mundes geborenen Kindes, eines Mundes, der nicht mehr den Schrei, den quäkenden Begrüßungsschrei ausstoßen würde.

Doch als nach dem kritischen Augenblick mehrere Minuten verstrichen waren, kam ich wieder zur Besinnung. Ich wurde ruhiger, erholte mich so weit, dass ich mich nach dem Grund für dieses unbegreifliche, unerklärliche Schweigen fragen konnte.

Du konntest das Ritual nicht vergessen haben. Das war unmöglich, vor allem nicht heute. Warum also? Warum ließt du mich warten? Warum warst du nicht bei diesem Stelldichein der Geburt? …

Plötzlich wurde mir alles klar. Mir gingen die Augen auf.

Ich stellte dich mir vor, sah dich diesmal lebendig, ganz lebendig neben deinem Telefon in deiner Wohnung sitzen. Du wartetest. Du wartetest darauf, dass ich – dass ich nicht mehr wartete. Genauer gesagt, dass ich lernte, nicht mehr auf diesen rituellen Anruf zu warten, und zwar in diesem Jahr, in diesem letzten Jahr, weil du noch da warst, noch da warst, um es mir beizubringen, um mich von der Anwesenheit in die Abwesenheit zu begleiten.

In jenem Augenblick habe ich die Dinge noch nicht ganz so klar formuliert – erst heute sind sie mir aufgrund vieler anderer Begebenheiten, die ich anschließend mit dir erlebte, richtig klar geworden –, aber ich hatte sie schon intuitiv erfasst.

Zweifellos hast du neben dem Telefon auch darauf gewartet, dass ich mich beruhigte (was ich tat), dass ich mich nach dem Grund für dieses unbegreifliche Schweigen fragte (was ich tat) und dass ich mich von der Kälte der Abwesenheit erholte (was ich tat), damit mir die Sache nicht zu nahe ging. Und damit sie auch dir nicht zu nahe ging.

Du hast uns beide vor einer allzu starken Gemütsbewegung bewahrt, die uns vermutlich den Rest gegeben hätte. Wer weiß, ob dir nicht der quäkende Schrei des Kindes, das du zur Welt gebracht hast, vor Rührung in der Kehle stecken geblieben wäre? Und wer weiß, ob ich über diesen feierlichen

Augenblick, in dem wir zum letzten Mal das allererste Mal durchspielten, hätte lachen können?

Du hast gut daran getan, uns das zu ersparen. Gut daran getan zu verhindern, dass sich dieser Schrei in Tränen, das Quäken in Schluchzen verwandelte.

Später, eine Viertelstunde nach dem kritischen Augenblick, riefst du an:

»Mama!«

»Ja, ich bin's, mein Schatz.«

»Du hast mich also nicht vergessen!«

»Nein, nein! Natürlich habe ich dich nicht vergessen! ... Aber ich war mir nicht mehr ganz sicher, um wie viel Uhr es genau war, verstehst du?«

»Ja. Das verstehe ich.« (Ja, ja, ich verstand die Notlüge.)

»Und wie fühlst du dich an diesem Geburtstag? Ich hoffe, du bist verwöhnt worden!«

»Hör mal, Mama! ... Ich kann nicht gerade sagen, dass es mein schönster Geburtstag ist ...«

Bei diesen Worten zitterte meine Stimme. Ich spürte, wie sie mir entglitt ...

Du hast mich unterbrochen: »Wein jetzt bitte nicht!«

Ganz ähnlich wie das »Hab keine Angst« und in dem gleichen Ton, der nur dir eigen ist, eine Mischung aus großer Strenge und äußerster Zärtlichkeit. Dieses »Wein bitte nicht« glich allen »Wein bitte nicht«, die ich aus deinem Mund gehört hatte.

Wie das »Hab keine Angst« bezog sich das »Wein bitte nicht« auf alle meine Tränen als Tochter und als Frau, die belanglosen und die ernsten, die Tränen, die sich trocknen, und solche, die sich nicht trocknen lassen. Dabei hatte ich wieder, genau wie an dem Abend, als du uns das Datum angekündigt hattest und ich auf deinem verstörten Gesicht Tränen der Enttäuschung entdeckte, den Eindruck, dass du viel stärker in Gefahr, viel anfälliger warst als ich. Ich dachte: Du willst deine Tränen unterdrücken, indem du mir das Weinen verbietest. Dieses strenge und zugleich zärtliche »Wein bitte nicht« wendet sich vor allem an dich selbst.

Ich fing mich instinktiv wieder, so schnell Rührung und Überraschung es mir erlaubten. Es dauerte nicht länger als ein paar Sekunden, aber ich spürte deutlich: Das Gleichgewicht war bedroht. Du gerietst ins Wanken. Und wenn deine Arme, an denen ich mich festhielt, schwach werden sollten?

Auch du hast dich schnell wieder gefangen, während ich verzweifelt nach einer Antwort suchte. Aber haben wir nicht gespürt, wie unsere Schaukel ins Schleudern geriet?

Und da habe ich dir von den Blumen erzählt, den Lilien und den Rosen, die ich zum Geburtstag bekommen hatte. Und ich habe dir gesagt, dass dein Gruß und A.s Brief mit gleicher Post eingetroffen waren, als wären sie eins, dass sie in mir die Mutter und die Tochter überglücklich gemacht hatten und wie schön ich dieses offenkundige Symbol fand, das dem Lauf der Dinge entsprach, an dem du mehr als jede andere Mutter teilgenommen hattest, da du, die Hebamme, bei A.s Geburt, dem Kind deines Kindes, dabei warst ...

Als wir nach einem Scherz, an den ich mich nicht mehr erinnere, auflegten, standen mir wieder die eindrucksvollen Bilder von A.s Geburt vor Augen, und ich erinnerte mich daran, wie ich damals gespürt hatte, dass die Geburt meines Kindes untrennbar mit meiner eigenen Geburt verbunden war – als deren Verlängerung und Wiederholung zugleich –, weil du damals im Kreißsaal warst, um mich von dieser Logik zu überzeugen, denn schließlich warst du der lebende Beweis für diese Alchemie, als Frau und noch darüber als weise Frau, wie man früher sagte.

Du hast mir damals nicht gesagt, dass diese Fügung der Natur es dir erleichtern würde, dich davonzustehlen (so etwas sagt man nicht, wenn man das Leben feiert), aber ich bin sicher, dass du daran gedacht hast. Du hast bestimmt gedacht, dass diese Geburt (und natürlich auch die deiner anderen Enkelkinder, die schon vorher geboren waren) deinen Wunsch, dich ebenso selbstverständlich zurückzuziehen, wie das Kind deines Kindes zur Welt gekommen war, noch stärker legitimierte.

Wir haben oft gemeinsam die gleichen Gedanken gehabt, ohne sie auszusprechen – erst recht in den großen Augenblicken –, und daher lässt sich nicht ausschließen, dass ich bei A.s erstem Schrei spürte, dass du dich schon ein bisschen auf den Weg machtest.

Ich frage mich, ob du für mich nicht wirklich in dem Augenblick zu sterben begonnen hast, als dieser Schrei ertönte, in dem der meine als Echo meiner Geburt widerhallte.

Ich sage »wirklich« im Sinn von »tatsächlich«, denn in der Phantasie habe ich dich schon so oft tot vor mir gesehen! Meine Kindheit ist erfüllt von gespenstischen Vorstellungen deines Todes, die auf meine abgöttische Liebe und die damit verbundene Angst zurückgeht, dich zu verlieren …

Ich legte also auf und fühlte mich erleichtert, wie nach einer schweren Prüfung, einer Prüfung im doppelten Sinne des Wortes: Leid und Examen.

Ich habe schließlich begriffen, dass ich soeben mit dir meinen ersten Geburtstag ohne dich erlebt hatte. Ich hatte nicht geweint.

War die mittlere Seite des Hefts, das in schwarzen Lettern deinen Namen trägt, in die richtige Richtung umgeblättert worden? Ich glaube ja, denn ich konnte schon die folgenden Seiten erkennen. Von jetzt an konnte ich nicht mehr zurück, mich nicht mehr weigern weiterzugehen. Ich hatte die Furt durchquert. Die Furt der Weigerung, der Auflehnung. Ich beugte mich deinem Willen. Ich war nicht besiegt, nein, das nicht. Du hattest mich überzeugt. Nicht von deiner Kraft, die ich nie angezweifelt habe, sondern von meiner. Ich hatte nicht geweint. Plötzlich kam mir alles Übrige, die übrigen Prüfungen, nicht mehr wie eine unüberwindbare Hürde vor.

Nur du allein konntest mir helfen, sie zu überstehen, denn du hieltst mich noch immer gut fest, gut fest über dem Unbekannten.

Ich war gerade zur Welt gekommen, ohne zu schreien, ohne zu weinen, und ich war lebendig.

Das tot geborene Kind war nur eine Schimäre, ein aus einer Schreckensvision geborenes Wesen.

Natürlich hatte ich Angst und würde weiterhin Angst haben, aber nicht mehr so sehr, dass ich daran zu sterben fürchtete. Dein angekündigter Tod würde und konnte nicht bedeuten, dass auch ich sterben würde. Das hatte ich soeben in deiner Lektion mit der Überschrift »Geburtstag« gelernt, in der Mitte des Hefts, in der Mitte der Lehrzeit.

Heute, da mit dem letzten Pendelschlag der Lebensuhr das Heft geschlossen worden ist, würdest du, da bin ich mir sicher, über die kommenden Zeilen lächeln ... Es würde dir gefallen, da bin ich mir sicher, wie ich das Bild des Jahrestags von Geburt und Tod umgekehrt und dem Symbol den Hals umgedreht habe.

Auch das ist eine Haltung. Haltungen sind sehr hilfreich, um mich verständlich zu machen, um mich selbst zu verstehen. Sogar die Toten haben eine bestimmte Haltung, weißt du das?

Ich habe dir schon erzählt, welch eigentümliche Haltung F. als Toter neben mir, der Lebenden, einnimmt, wie er mich noch heute begleitet. Ich spüre meistens, wie er hinter mir steht. Er beugt sich leicht über meine rechte Schulter, als wolle er sehen, was ich tue, womit ich mich beschäftige. Der Eindruck ist so deutlich, dass ich manchmal seinen Atem im Nacken zu spüren glaube, jenen Atem, der ihm zum Leben so gefehlt hat. Und es ist etwas sehr Sanftes. So steht er noch immer hinter mir, in dieser aufmerksamen, zärtlichen Haltung.

Ich wusste nicht, was dein Platz sein würde, wenn du nicht mehr da bist. Welchen Platz du einnehmen würdest, um ganz in meiner Nähe zu sein, oder besser gesagt, welchen Platz ich dir zuweisen würde, damit du mich nicht aus den Augen lässt. Ich hatte natürlich an etwas gedacht, das zeigte, was für ein eigentümliches ungleiches Gespann wir sind – wegen des Fotos im Garten am Meer, unserer innigen Mutter-Tochter-Beziehung, unserer Nähe.

Ich habe noch etwas Besseres gefunden. Du hast etwas Besseres gefunden. Du hast deinen Platz in mir gefunden. Du hast dich in mir ganz klein gemacht. So stelle ich es mir zumindest vor, wie ich dich sehr organisch – ebenso organisch, wie meine Angst es war – integriert habe, kaum dass du fort warst, kaum dass du dem Leben den Rücken gekehrt hattest.

Ein gerechter Ausgleich … Von nun an trage ich dich in mir wie ein Kind. Das ist dein Platz als Tote, ein Platz, den ich mir für den Rest meines Lebens für dich ausgesucht habe. Näher geht es kaum, nicht wahr?

Mir ist klar, wie seltsam und auch wie naiv diese Worte klingen. Ich, deine Tochter, sage dir, dass ich dich in mir trage, so wie du mich in dir getragen hast, und noch dazu mit der glücklichen Gewissheit, dass ich dich nicht verlieren werde. Wir werden immer eins sein, nie mehr zwei, endlich vereint ohne Furcht vor einer Trennung, da ich dich nie zur Welt bringen werde. Du bist für immer in mir. Die Hebamme wird es zu schätzen wissen …

* * *

Ist dir eigentlich bewusst gewesen, wie oft du Anspielungen auf deinen baldigen Tod gemacht hast? Ich brauchte nur die Hinweise, die du ab und zu gabst, miteinander in Verbindung zu bringen, um das wahrscheinliche Datum daraus abzuleiten: die erste Dezemberhälfte.

Und wieder blätterte ich fieberhaft im Terminkalender. Die Schlinge zog sich auf den Seiten zu. Zog sich um meinen Hals zu.

Auch die Vorstellung von der Todesstrafe war wieder präsent, aber nicht mehr so wie zu Beginn. Mit ein wenig List gelang es mir, das Bild abzuschwächen, es erträglicher zu machen.

Du hast mir dabei geholfen, über deinen Tod zu sprechen. Du hast das Thema hin und wieder mit leichten Worten gestreift, ohne jedes Pathos, aber auch ohne deinen Tod zu banalisieren, denn das lehnte ich weiterhin ab. Ich hatte den Eindruck, dass die Krankenschwester, die in ihrem weißen Kittel um meine wunde Seele wirbelte, sich bemühte, sie gegen Schmerzen zu impfen, sie immun zu machen, um sie besser auf das vorzubereiten, was ihr bevorstand.

Manchmal konnte ich es gar nicht fassen, wie erfolgreich deine Behandlung war. Ich überraschte mich selbst dabei, wie ich uns die Frist ins Gedächtnis rief. Erleichtert darüber, dass ich den ersten Schritt getan hatte, ergriffst du in solchen Augenblicken die Gelegenheit beim Schopf, um mich auf dem Weg des Einvernehmens noch ein Stück weiterzubringen. Wir lachten oft, unter anderem auch darüber – doch wenn das Lachen verebbt war, fragte ich mich, wie ich nur hatte lachen können.

Dabei kommt mir wieder in den Sinn, wie sehr dich die Anekdote belustigt hat, die mir meine Nichte Fa. erzählt hat. Sie ist Psychologin und hatte in ihrer Praxis einen kleinen Jungen als Patienten, den die Eltern zu ihr geschickt hatten, weil sie sehr besorgt darüber waren, dass sich das Kind ausdrücklich für die Todesstrafe ausgesprochen und sie als eine absolute Notwendigkeit bezeichnet hatte. Als Fa. den Kleinen, der so grausam für sein Alter zu sein schien, eingehend befragte, begriff sie schließlich den Zusammenhang. Das Kind war in Tränen ausgebrochen und hatte lauthals protestiert: »Aber die Todesstrafe ist doch etwas Gutes! Es ist normal, dass man für den Tod von jemand, den man gern hat, mit Kummer bestraft wird!«

Kindlicher Geniestreich, der Strafe und Kummer verwechselt!

Hatte ich nicht für die auferlegte Strafe den Anspruch auf Kummer geltend gemacht?

Aber du, du hast gesagt, dass du weder Strafe noch Kummer wolltest.

Du wolltest, dass die Strafe keine Strafe, sondern im Gegenteil ein Geschenk sein sollte, und dass uns eben aus diesem Grund der Kummer erspart blieb. »Ich will nicht, dass ihr Kummer habt!« Und daher hast du dir gewünscht, dass deine Kinder deinen freiwilligen Abschied vom Leben als letzten Liebesbeweis betrachten sollten.

Ob wir dieses Geschenk haben wollten oder nicht, stand nicht zur Debatte. Du hattest es uns zugedacht, das war alles. Nach bestem Wissen und Gewissen. War das nicht der Ausdruck deiner Allmacht als Mutter und der schlagende Beweis dafür, dass du noch immer unsere Mutter warst?

Das Geschenk, dein letztes mütterliches Geschenk sollte deinem Wunsch entsprechend etwas Herrliches sein, verherrlicht werden. Für dich konnte das nur dein eigener Tod sein. Und zwar jetzt.

»Jetzt? Bist du sicher, dass es jetzt sein muss?«

»Ja, mein Schatz, da bin ich sicher. Ich weiß es. Nur ich kann das spüren, das wissen. Jetzt ist es so weit, sonst ist es zu spät …«

Ich zwang mich, dieses »jetzt« zu akzeptieren, zwang mich, in diesem Geschenk kein Paradox zu sehen.

Um das »jetzt« zu akzeptieren, musste ich darauf verzichten, dich mit meinen Augen zu betrachten, und bemühte mich stattdessen, dich mit deinen Augen zu sehen. Meine Augen seien zu großzügig, zu nachsichtig, hast du gesagt. Sie wollten nicht sehen, was du sahst: wie verbraucht und »klapprig« du warst, wie gebrechlich, so dass dich nichts mehr zurückhalten konnte.

Deine Gebrechlichkeit! Wie sehr hat sie dich gequält! Wie lange hast du mir schon ihre traurige Wirklichkeit anvertraut! Ich fand es im Übrigen normal, dieses Wissen mit dir zu teilen, denn wir hatten uns beide verändert, du und ich, und nie aufgehört, gemeinsam den Wandel, dem wir unterworfen waren, zu verfolgen, so wie es unter Frauen manchmal vorkommt, aber wir taten es noch gewissenhafter, weil du meine Mutter warst und ich deine Tochter, gleichermaßen deine Verlängerung, dein Abbild …

Seit vielen Jahren hat dich also die Gebrechlichkeit gequält. Unnachsichtig dir selbst gegenüber hast du ihr Fortschreiten überwacht. Im Geist hast du jedes Anzeichen ihres unbarmherzigen Vormarschs vermerkt: »In der letzten Zeit bin ich wieder etwas klappriger geworden«, hast du in regelmäßigen Abständen behauptet und dich dabei auf irgendeine körperliche oder geistige Einschränkung berufen.

Du hast dir jedes kleine Versagen gemerkt. Die Liste der zunehmenden Verfallserscheinungen immer auf dem neuesten Stand gehalten. Die gründliche Krankenschwester notierte, erfasste sie objektiv, mit medizinischer Akribie.

Es hatte keinen Sinn, sich dagegen aufzulehnen oder das Gegenteil zu behaupten. Jedes protestierende Wort wurde umgehend vom Tisch gefegt: »Komm, versuch bitte nicht, die Sache zu beschönigen. Ich weiß genau, dass es mit mir abwärts geht!«

Dieses strenge Urteil, das du über dich gefällt hast, hatte nichts mit Selbstgefälligkeit oder Selbstmitleid zu tun, wie man hätte vermuten können. Es war nicht gespielt.

Du musstest einfach den Zustand deiner körperlichen und geistigen Fähigkeiten scharfsichtig einschätzen, ständig eine Bestandsaufnahme vornehmen, und zwar im Hinblick auf eine ganz persönliche Grenze, die du dir insgeheim gesetzt hattest und die zu überschreiten du nicht bereit warst.

Es gab eine Trennlinie zwischen Würde und Unwürdigkeit, deren genauen Verlauf nur du kanntest, denn nur du konntest nach bestem Wissen und Gewissen sagen, wo das nicht zu betretende Gebiet begann.

War das Hochmut? Das Wort »Stolz« schien mir besser zu dem Bild zu passen, das du dir von Würde und Unwürdigkeit machtest, denn dir fehlte jede Überheblichkeit, jede Verachtung, die zum Hochmut gehört.

Schon zehn Jahre zuvor hattest du geglaubt, du hättest die Grenze erreicht, die schicksalhafte Linie überschritten, aber nein, schließlich hast du darauf verzichtet und dir das Recht zugestanden, ein Stück weiterzugehen und deinem Körper, deinem Verstand noch einmal für unbestimmte Dauer eine kleine Verlängerung, ein zusätzliches Stückchen Leben zu gewähren. Eine Art Vertrag, der in jedem Augenblick gebrochen, gekündigt werden konnte.

Die ständige Bedrohung dieses Vertrags verfolgte mich auf Schritt und Tritt. Manchmal empfand ich sie wie eine Folter, wie ein langsam wirkendes Gift. Mehrfach habe ich sie dir vorgeworfen, diese schleichende Angst, diese quälende Unruhe, der ich ausgesetzt war. Das hat dich traurig gemacht. Du wolltest weder Folter noch Gift ...

Wenn ich für mehrere Wochen verreisen wollte, hatten wir uns auf einen Code geeinigt, oder besser gesagt auf einen rituellen Satz, ohne den ich nicht weggefahren wäre. Nachdem ich dich in die Arme geschlossen hatte, blickte ich dich auf der Türschwelle fest an. Genauer gesagt, meine Augen blickten dich fragend an. Ich wollte sicher sein, dass ... Und du hast in meinen Augen die Frage gesehen und den Satz ausgesprochen, der mich rettete: »Du kannst unbesorgt fahren, es ist noch nicht so weit.«

Dank dieses Satzes glaubte das Kind, das noch in mir steckte, ein paar Sekunden lang wieder daran, dass du unsterblich seist. Ich brauchte diesen Glauben, um mich von dir zu trennen und mit diesem Versprechen gerüstet, das mir für die Ewigkeit zu gelten schien, erleichtert die Treppe hinabzurennen ...

Aber nun war es vorbei. Kein Aufschub mehr. Keine Zurückstellung, keine Gnadenfrist. Vorbei mit der kleinen Verlängerung, dem zusätzlichen

Stückchen Leben, denn dein Körper und dein Verstand hatten dich gewarnt: Diesmal war der Vertrag endgültig gebrochen, abgelaufen.

Du hast mir die Beweise für das erneute Versagen von Körper und Verstand gezeigt. Du hast mir in allen Einzelheiten beschrieben, wie sie dich im Stich gelassen hatten – ohne dich aufzulehnen, sondern so, als seist du mit etwas konfrontiert, das eines Tages kommen musste, etwas durchaus Erwartetes, völlig Normales, das dem Lauf der Dinge entsprach.

Mit fatalistischer Gelassenheit hast du an dir die Verschleißerscheinungen der menschlichen Maschine beobachtet.

»Siehst du, dies kann ich nicht mehr, und das da funktioniert nicht mehr, überhaupt nicht mehr.« Die Litanei dessen, was du deine »kleinen Nöte« nanntest, erschütterte mich. Ich lehnte mich dagegen auf, denn hatte ich mir nicht den Luxus erlaubt, das Alter zu verehren und nicht ohne eine gewisse Naivität dessen Schönheit zu loben? Daher fühlte ich mich gedemütigt und voller Reue, denn ich hatte Mühe, in deinen abgemagerten Armen die kräftige Schaukel wiederzufinden, die mich in vollkommenem Gleichgewicht über dem Gras im Garten am Meer abgehalten hatte, Mühe, in diesem krummen, gebeugten Rücken die stolze Silhouette aus jenen Tagen wieder zu sehen, da wir Arm in Arm unter den Bäumen durch den Novemberwind gegangen waren.

Das Leiden dieses von tausend Übeln geplagten

Körpers, die Hinfälligkeit dieses von der Zeit gepeinigten Körpers, den ich so liebte, erfüllte mich mit Verzweiflung und quälte mich ebenso sehr wie dein Entschluss und die eisige stählerne Klinge, die über meinem Nacken schwebte.

Hier hatte ich das wahre Gesicht des Alters vor mir und fand es abscheulich. Das Verhängnis des Alters zwang dich, aufzugeben und den Vertrag zu brechen, es war dafür verantwortlich, dass das »jetzt« tatsächlich jetzt war.

Nun waren wir also an der nur von dir erkennbaren Grenze angelangt, an der du dein Bündel niederlegen würdest und an der dein Leben enden sollte, ein erfülltes, reiches Leben, für das du zutiefst dankbar warst.

Jetzt war es also so weit, wegen der Gebrechlichkeit, der Hinfälligkeit, der Grenze, die du nicht überschreiten wolltest – nicht nur im Namen der Würde, sondern aus Angst davor, dass es eines Tages zu spät sein könne, was dir noch viel größere Angst einflößte als der Tod.

»Sonst ist es eines Tages zu spät …« Diese Seiten in dem Heft mit deinem Namen habe ich wieder und wieder gelesen.

Habe sie auswendig gelernt, laut aufgesagt.

Den wahren Grund deiner Entscheidung und vor allem, weshalb die Sache so eilig war, begriff ich erst richtig, als ich diese Seiten, die du mir mit deiner glänzenden, virtuosen Logik diktiert hattest, erneut durchlas.

Wie könnte ich leugnen, dass du, um diesen

Schritt zu tun, all deine Energie benötigen würdest und dir daher, wenn sie zur Neige ging und du die Grenze zu spät erreichen solltest, sowohl körperlich wie geistig die Kraft dazu zu fehlen drohte? Das erklärte deine fast zwanghafte Neigung zur Bestandsaufnahme, unentwegt deine Fähigkeiten zu überprüfen. Trotz deiner zunehmenden Erschöpfung, die diesen im Voraus verlorenen Kampf gegen die Zeit gewinnen würde, musstest du dir diese kostbare Kraft aufsparen, sie vor dem unaufhaltsamen, natürlichen Verfall bewahren, dich versichern, dass sie nicht im letzten Augenblick versagte, dich nicht im Stich ließ und du dich auf dieses letzte Aufflackern deines ganzen Seins verlassen konntest, um in Würde von der kleinen Mauer zu springen, aufrecht und ohne Hilfe.

Während ich dir auf meiner Schulbank zuhörte, wurde mir schließlich klar, warum die Gefahr, dass es irgendwann »zu spät« sein würde, dich zwang, womöglich zu früh davonzugehen, viel eher, als es die Berechnung deiner Kräfte zu erfordern schien.

Zu früh auf jeden Fall für uns, die wir, so nah wir dir auch standen, nicht selbst empfinden konnten, was es für dich bedeutete, zu spüren, wie begrenzt deine innere Energie war.

Und auch zu früh, weil ein Kind, selbst wenn es schon lange dem Kindesalter entwachsen ist, den Tod der Mutter immer als zu früh empfindet.

Aber in dem »zu spät« steckte in deinen Augen

eine noch weitaus ernstere Gefahr. Die schlimmste Bedrohung, der ärgste Widersacher, vor dem du dich viel mehr gefürchtet hast als vor den tausend körperlichen Übeln, die du mit stoischer Gelassenheit hinnahmst, war die Abhängigkeit.

Für dich als unabhängige Frau war Selbstständigkeit schon immer – und jetzt mehr denn je – ein Lebensprinzip, eine Existenzberechtigung gewesen, und daher war dir, wie du mir erklärt hast, die Vorstellung unerträglich, dass die Zwänge des Alters, die Fesseln, die dein eigenes Dasein behinderten, nicht nur dich, sondern darüber hinaus auch noch andere beeinträchtigen könnten: »Ich will euch unter keinen Umständen zur Last fallen, verstehst du?«

Bei diesem Gedanken sind dir Tränen in die Augen gestiegen, so dass auch ich mich berechtigt fühlte, Tränen der Rührung zu vergießen. Gegen Rührung hattest du nichts einzuwenden ... Ich habe jedoch darauf verzichtet, Gegenargumente anzuführen, von denen du nichts hören wolltest und die, wie du sagtest, deine Müdigkeit nur steigerten.

Unsere Freiheit, unsere Unabhängigkeit war dir genauso wichtig wie deine. Sie war das kostbare Gut, das letzte Geschenk, an das du dachtest, wenn du von Erlösung sprachst, einem Wort, das dich fast freudig stimmte, weil es für dich eine ganz konkrete Bedeutung hatte: Mit deinem Tod wolltest du auch uns erlösen, uns von der Sorge um dich erlösen. Das war das Geschenk. Im tiefen Wald, in dem du als alte Indianerin ohne jedes Bedauern verschwinden wolltest, wartete es auf uns. Die ersten Schneeflocken fielen schon auf unser Tipi …

* * *

Vor den Schneeflocken kamen noch Windböen und strömender Regen. November.

Im November bist du schon ein wenig davongegangen, ehe du ganz gingst …

Bei starkem Wind hast du eine Entscheidung getroffen, deren Tragweite und symbolische Bedeutung wir alle spürten.

Deine Stimme am Telefon war ruhig und bestimmt: »Weißt du, ich habe mich entschlossen, meinen Wagen wegzugeben. Endgültig. Ich fahre nicht mehr. Nie mehr.«

Bei diesem Satz überkam mich eisige Kälte. Eine Kälte, die mich an die Kälte deines angekündigten Todes und die messerscharfe Schneide erinnerte. Bestürzung. Vergeblicher Protest: »Bist du sicher, dass das eine gute Idee ist? Dein Wagen ist dir doch so wichtig! Du musst ihn behalten, bis … *(Ich zögerte)* … bis zum Schluss …«

»Das stimmt, er ist mir sehr wichtig. Aber mein Entschluss steht fest. Es ist vorbei damit … Das ist alles.«

»Das ist alles« … Drei kurze Worte. Ich habe sie so oft gehört, dass sie für mich untrennbar mit dir verbunden sind. Sie passen gut zu deiner aufrechten Haltung, zu deiner Entschlossenheit. Wenn du sagst »Das ist alles«, ist dem nichts, absolut nichts hinzuzufügen. Es handelt sich um eine Entscheidung, einen unabänderlichen, sich selbst genügenden Erlass, für den du die ganze Verantwortung übernimmst und bei dem man spürt, dass er erst nach reiflicher Überlegung ausgesprochen worden ist.

Den unzähligen »Das ist alles« unserer gemeinsamen Geschichte habe ich mich stets gefügt. Aus Schwäche? Nein. Aus Angst? Ein wenig. Aus Vernunftgründen? Ja. Die Vernunft sagte mir, dir ein für alle Mal zu vertrauen, wenn es um die Einschätzung der Dinge ging, die dich betrafen. Ein Vertrauen, das mich dorthin gebracht hat, wo ich jetzt bin …

Dein Wagen: dein Vertrauter, dein Gefährte, dein Bruder. Alle, die dich kannten und dich darin gekannt hatten, wissen, wovon ich spreche. Dein Wagen und du, ihr habt euch gewissermaßen mit den gleichen Werten im Leben identifiziert. Es war schwierig, sich ein Auto vorzustellen, das dir stärker ähnelte als dieses, denn es war ebenso klapprig, ebenso verbraucht wie du.

Gemeinsam habt ihr viel Freud und Leid erlebt, gemeinsam so manchen undankbaren Weg gemeistert, aber auch dem Leben für seine Schönheit Dank gesagt. Deinen Marotten gehorchend hat dich dein guter alter Weggefährte auf abenteuerlichen Fahrten begleitet, so mancher Abkürzung zugestimmt und Ausflüge mit dir unternommen, die dir ungeheuer wichtig waren – in einen entlegenen Winkel der Bretagne etwa, um einem von der Schließung bedrohten Entbindungsheim zu Hilfe zu kommen oder um dich vor den morschen Kreuzen der vergessenen Soldaten am *Chemin des Dames* zu verneigen, während sich das ganze Land an Gänseleberpastete und Weihnachtskuchen labte, oder um ganz einfach im Morgengrauen durch Paris zu fahren, zu einer Stunde, für die du eine Vorliebe hattest, weil sie für dich so viele Jahre lang mit der Geburt eines Kindes oder mit dem Heimweg von einer Entbindung, die die ganze Nacht gedauert hatte, verbunden war.

Das Gefühl der Freiheit und der Unabhängigkeit, das ein Auto vermittelt, hattest du noch gesteigert, verschönert. Es hatte etwas Rituelles bekommen. Du hattest es zum Sinnbild deiner Emanzipation und deines Widerstands erhoben.

Sich richtig zu verhalten, war das nicht ein Ausdruck, der sich sowohl aufs Leben wie auf den Straßenverkehr beziehen ließ?

Sich im Leben richtig zu verhalten, erforderte Kraft und Mut.

Je mehr deine Kräfte nachließen, desto häufiger hast du Zuflucht in diesem geschützten Raum, diesem Unterschlupf gesucht, in dem du dich, wie du behauptet hast, noch mehr zu Hause fühltest als in deinem Zuhause, weil du am Steuer noch dein eigener Herr und durch nichts eingeschränkt warst, dort hast du ein wenig von deiner bedrohten Würde wiedergefunden. Deine Gebrechlichkeit wurde erträglich. Der Körper meldete sich nicht zu Wort.

Dein Auto, das zweite Zuhause des alterslosen Körpers.

In diesem zweiten Zuhause hast du zudem eine Verabredung gehabt. Nicht nur mit dir selbst. Ein Mann setzte sich zu dir. Mit ihm gingst du auf Reisen. Mit ihm fuhrst du noch einmal über altbekannte Straßen, kreuz und quer durch Frankreich. Mit ihm bist du durch die Welt gereist und hast alte Freunde besucht (mit dem Schlafsack unter dem Arm, um zu übernachten, wo es dir gefiel, ohne jemandem zur Last zu fallen). Mit ihm, deinem Mann, deiner einzigen Liebe …

»Weißt du, nirgendwo fühle ich mich deinem Vater näher als im Auto. Ist das nicht seltsam?«

»Unterhältst du dich mit ihm?«

»Ja, natürlich. Er sitzt neben mir, wie früher. Wir unterhalten uns, wie früher.«

Ich lächelte. Die Begleitung geliebter Verstorbener kannte ich. Die vertraute Haltung, die sie neben uns einnehmen, kannte ich. F.s sanfter Atem in meinem Nacken …

Mir gefiel der Gedanke, dass mein Vater, der so viel Platz beansprucht hatte, sich von dir fahren ließ, für immer, in deinem zweiten Zuhause, in dem du dein eigener Herr warst und wo das Alter nicht zählte.

Was? Auf all das wolltest du verzichten? Warum nur? Und warum jetzt?

Trotz deiner Erklärungen blieb ich skeptisch. Deine Sehkraft habe noch weiter nachgelassen. Du seist dir deiner Reflexe nicht mehr sicher. Du seist zu einer Gefahr für die Allgemeinheit geworden. Du könnest womöglich einen Unfall verursachen ... Keiner dieser Gründe hat mich überzeugt.

In Wirklichkeit, da war ich mir sicher, ließ sich dieser Schritt nur als Sinnbild deiner Absicht verstehen, Schluss zu machen. Kündigte zweifellos den endgültigen Bruch an, war Ausdruck des Willens, dich von uns loszureißen. Ich sage, dich loszureißen, denn den Worten, mit denen du mich zu überzeugen versuchtest, war die Rührung deutlich anzumerken.

Ich habe mir die Situation vorgestellt ...

Der Motor des Autos abgestellt, das Licht erloschen. Lange Zeit.

Regen, der auf die Windschutzscheibe prasselt. Vorbeihuschende Schatten, die schnell das warme Zuhause erreichen möchten.

Niemand hat die alte Frau gesehen, die still und nachdenklich die Hände auf das Lenkrad gelegt hat, um es zum letzten Mal zu liebkosen, um dem Kumpan so mancher Eskapade Lebewohl zu sagen. Lange hast du dort gesessen, lebendiger denn je.

Die Pendelschläge der Uhr. All die Reisen, noch einmal hast du sie unternommen, ihre Geschichte bis zum Ende vor deinen Augen vorüberziehen lassen. Hast noch einmal mit deinem ewigen Geliebten gesprochen, der bestimmt zu dieser letzten Verabredung gekommen ist ...

So, nun ist dein Gefährte der Freiheit nicht mehr

da. Er steht nicht mehr unter deinem Fenster, um treu auf dich zu warten. Du brauchst ihn jetzt nicht mehr. Von nun an gehst du nicht mehr aus dem Haus. Du mischst dich nicht mehr unter die Menschen, meidest die Stadt. Du hast eigenhändig das Band zerrissen und den Wunsch geäußert, dass der Wagen genau an den Ort zurückgebracht wird, wo du ihn gekauft hast, an den Ort am Meer und nirgendwo andershin. Der Wunsch wurde erfüllt. Heute ist der Wagen dort (anscheinend begegnet man ihm manchmal). Du hast ihm die Freiheit wiedergegeben, da du dir selbst die Freiheit nahmst, davonzugehen …

Es war nicht leicht für die Tochter, die es übernahm, ihn deinem Wunsch gemäß dorthin zu fahren – in den gleichen Windböen und bei strömendem Regen.

Dein Weggefährte wurde ans Meer zurückgebracht …

Er würde also nicht bei der Großen Reise dabei sein, er, der sonst jede Reise mit dir unternommen hatte.

Nachdem das Band zerrissen, der Wagen fort war, hast du dich zur Unbeweglichkeit verurteilt, zu einer selbst erwählten bewussten Form von Abgeschiedenheit. Vielleicht ist dieses dringende Bedürfnis, dich aus der Welt zurückzuziehen, eine mögliche Antwort auf die Frage »Warum jetzt?«, die du unbeantwortet gelassen hast. Vielleicht war jetzt der Zeitpunkt gekommen, dich in dich selbst zurückzuziehen …

Ich weiß es nicht, denn du hast ja nur gesagt: »Das ist alles.« Aber war diese zutiefst symbolische Geste nicht auch für uns, deine Kinder, gedacht?

»Am 17. Oktober ist es so weit«, »Ich fahre nie mehr« … Diese beiden Sätze haben die gleiche Wirkung auf mich gehabt, mich mit schneidender Kälte erfüllt.

Für mich bedeuteten sie das Gleiche, klangen ganz ähnlich.

»So Kinder, macht euch fertig. Jetzt ist es so weit. Nun wird es ernst. Ihr seht doch, dass ich bereit bin. Das Auto ist der beste Beweis dafür. Selbst auf das Auto, mein zweites Ich, habe ich verzichtet. Also Kinder, haltet euch bereit!«

War ich bereit? Ich kann es nicht sagen.

Ich hatte nur den Eindruck, dass ich mich zwischen dem ersten Satz, den ich vor Wochen gehört hatte, und dem zweiten, der ebenso unwiderruflich war, verändert hatte. Ja, so ist es wohl, ich hatte mich verändert. Das ist alles …

Das Auto habe ich wieder gesehen: mehrere Monate später in dem Dokumentarfilm*, der dir gewidmet ist.

Den Film in Anwesenheit all derer wieder zu sehen, die gekommen waren, um dich nach deinem Tod zu ehren, war ein äußerst ergreifender, aber wohltuender Moment. Nachdem du nicht mehr da warst, habe ich einen völlig anderen Film gesehen

* *Une femme en marche,* Filmvorführung am 15. März 2003 im Théâtre de l'Athénée.

als den, den ich so gut wie auswendig kannte, Bild für Bild, da ich bei den Dreharbeiten ein wenig mitgewirkt hatte.

Und dann das Ende des Films. Erinnerst du dich? Erinnerst du dich an das Ende des Films? Du und ich in deinem Auto. Wir fahren durch Paris, die Stadt, die du so geliebt hast, du am Steuer, ich neben dir. Wir werden gefilmt, doch wir haben die Gegenwart von Kamera und Mikrophon vergessen. Wir spielen nicht. Wir plaudern fröhlich, angeregt, vertraut wie immer.

Und dann kommt die letzte Einstellung: das Auto, das langsam anfährt – dazu dein letzter Kommentar, der mich zusammenzucken lässt: »Aber ich bin doch noch gar nicht fertig!« – und sich dann mit uns beiden entfernt, schnurgerade, als würde es nirgendwo mehr halten.

Du nimmst mich mit. Wohin? Auf jeden Fall nimmst du mich mit …

Dieses Bild von uns beiden, wie wir dem Horizont entgegenfahren, du am Steuer (mich gleichsam entführend), ich vertrauensvoll an deiner Seite, hat mir die Augen geöffnet.

Ein visionäres Bild. Die Große Reise. Ich habe gesehen, wie wir beide fröhlich, angeregt plaudernd, deinem Tod entgegenfahren …

Nein, damals warst du tatsächlich noch nicht fertig. Du hattest sogar noch viel zu tun, bis du fertig warst, und ich noch viel zu lernen …

* * *

Du hast geglaubt, ich sei bereit. Ich weiß nicht, ob ich bereit war, aber du hast es zumindest geglaubt. Es entspricht durchaus der Wahrheit, wenn ich sage, dass ich nicht weiß, ob ich tatsächlich bereit war, denn diese Empfindung war schwankend und ungewiss.

In manchen Augenblicken war das Gefühl, bereit zu sein, stärker als in anderen. Vor allem nachts schreckte ich oft äußerst beunruhigt aus dem Schlaf hoch, aber jedes Mal anders.

Ich habe dir noch nicht von den Nächten erzählt. Ich habe dir nicht alles gesagt.

In manchen Nächten redete ich im Schlaf. Mit lauter Stimme. Und diese Stimme weckte mich: »Sie ist noch da!«, rief die Stimme. Der Gedanke, dass du noch am Leben warst, beruhigte mich sogleich. Ich stellte mir vor, wie du schliefst, du warst zwar des Lebens überdrüssig, aber noch immer imstande, mich zu behüten. Ich hatte eine Mutter, ich hatte eine Mutter, die mich mit ihrer ewigen, unerschöpflichen lebendigen Gegenwart beschützte. Bei diesem Gedanken kuschelte ich mich zusammen und schlief wieder ein.

In anderen Nächten rissen mich meine Tränen aus dem Schlaf. Die während des Tages im Zaum gehaltenen Ängste brachen hervor. Die Stimme schrie: »Nein! Nein!« Nein zum Rückwärtszählen der Tage, nein zum Wettlauf mit dem Tod, und das Fallbeil trat mir wieder vor Augen, messerscharf wie ganz zu Anfang.

Doch zu meiner großen Überraschung kam

mir immer öfter der Gedanke der Erlösung in den Sinn: »Denk an das Geschenk, an das Geschenk, das sie dir macht«, flüsterte mir die Stimme zu, »du brauchst nicht mitzuerleben, wie ihr Körper und ihr Geist immer mehr verfallen. Der herzzerreißende Anblick eines langsamen, grausamen Todes bleibt dir erspart. Du brauchst nicht ohnmächtig dem Leid zuzusehen, das diesen Verfall bei jemandem, der so auf seine Würde bedacht ist, unvermeidlich begleitet. Das Geschenk, denk an das Geschenk. Du darfst deine Mutter als eine würdevolle Frau in Erinnerung behalten, eine Frau, die es verstanden hat, ihr Ende selbst zu bestimmen und dem Tod ins Auge zu schauen.« Dann dankte ich dir überschwänglich, ehe ich in eine wirre Benommenheit verfiel, in der sich alle Stimmen aller Nächte um meinen Schlaf stritten …

Du hast geglaubt, ich sei bereit, und an diesen Glauben klammerte ich mich tagsüber. Ich hoffte – zu Recht oder zu Unrecht –, dass das Vertrauen, das du in mich setztest, mir helfen würde, die vier oder fünf Wochen zu überstehen, die uns noch ungefähr von dem Zeitpunkt trennten, den du für dich festgelegt hattest.

Dieses Vertrauen, das du mir geschenkt hast, war mein Schutzwall, mein Rettungsring. Du bist so aufrecht dem Tod entgegengegangen … Ich brauchte dir nur zu folgen, nicht wahr?

Entsetzen, Zurückgehen kam nicht mehr infrage. Nun hieß es, vorwärts zu gehen. Ich verließ mich nur noch auf dich, um mit dir Schritt zu halten.

»Hältst du mich auch gut fest?«

»Aber sicher, ich halte dich fest ... Nun komm schon, hab keine Angst!«

Die Stimme aus ferner Zeit im Garten am Meer ... Unverändert. Ich spürte ihren Hauch über meinem Kopf. Sie ermutigte mich. Deine unverkennbare Stimme war hell und deutlich zu hören, verscheuchte die misstönenden Stimmen meiner unruhigen Nächte. An diese Tages-Stimme klammerte ich mich ...

Da du meine Fortschritte verfolgt hattest, warst du wohl zu der Überzeugung gelangt, dass ich jetzt in eine neue Phase meiner Lehre gekommen war, denn für mich handelte es sich ohne Zweifel um eine Lehrzeit, die ich unter deiner fachmännischen Aufsicht durchmachte. Für die Arbeit am Tod, an deinem Tod, warst du eine kompetente Lehrerin, und ich war deine zwar ängstliche, aber disziplinierte Schülerin.

»Arbeit« ... So nanntest du selbst die Vorbereitungen: »Ich habe noch viel Arbeit«, oder »Ich muss mich wieder an die Arbeit machen«, sagtest du zu mir und meintest damit das Ordnen und Aufräumen, das du für notwendig hieltst, bevor du uns verlassen konntest.

Deiner jahrelangen Tätigkeit als Hebamme war es wohl zuzuschreiben, dass du einen Zusammenhang zwischen dem *Aus-der-Welt-Gehen* und dem *Auf-die-Welt-Kommen* sahst. Auch dieses Paradox war mir nicht entgangen: »Mama, ist es nicht seltsam, dass eine Hebamme, die keine Mühe gescheut hat, um Kinder ins Leben zu holen, sich selbst das Leben nehmen will?« Darauf hast du erwidert, dass Leben und Tod untrennbar miteinander verbunden seien und man beides, da es denselben Regeln der Natur gehorche, gemeinsam erlernen könne und müsse.

Ich dachte: Hieß das, dass du, weil du so oft den geeigneten Augenblick für den Eintritt ins Leben bestimmt hast, auch besser als jeder andere die Entscheidung treffen kannst, wann es an der Zeit ist, das Leben zu verlassen? Ja, vermutlich. Doch da du dein Vorhaben im Namen der Natur zu legitimieren versuchtest, habe ich eines Tages verwundert zu dir gesagt, dass du mit dem Entschluss, deinem Leben abrupt ein Ende zu setzen, der Natur doch in gewisser Weise Gewalt antatst. Und wie erstaunlich ich es fand, dass du als Hebamme, die sich immer für Hausgeburten, also für eine natürliche Form der Entbindung in einem nichtmedizinischen Milieu eingesetzt hatte, dein Leben auf so wenig natürliche Weise beenden wolltest. »Sicher …«, hast du mir traurig und mit zugeschnürter, plötzlich so zugeschnürter Kehle erwidert, dass ich meine Frage bedauerte. »Sicher, mein Schatz«, hast du geantwortet. »Ich würde auch lieber anders sterben … Wäre am liebsten schon nicht mehr da … Doch dieses Glück habe ich nicht gehabt … Und daher bleibt mir jetzt keine andere Wahl …«

Nein, keine andere Wahl, wenn du nicht deinem eigenen Verfall zusehen wolltest. Nein, keine andere Wahl, wenn die Grenze, die von dir gezogene Grenze der Würde, so wie du sie verstandst, nicht überschritten werden durfte.

An diesem Tag spürte ich, dass diese Wahl vor allem dir selbst Gewalt antat. Dass der Mut, den sie verlangte, im Widerspruch zur Natur, im Widerspruch zu deiner Natur stand, die jede Gewalt verabscheute. Die Erlösung, die du dir und uns gewünscht hast, hatte einen hohen Preis, einen Preis, der deinem Stolz entsprach. Einen Preis, der deiner Mutterliebe entsprach …

Und damit begann eine neue Phase meiner Lehre.

Zu jenem Zeitpunkt war ich meilenweit davon entfernt, mir vorstellen zu können, wie wichtig sie für mich sein, was für eine Rolle sie für mich beim Umgang mit deiner Entscheidung und der Ausführung deines Vorhabens spielen würde …

Nun muss ich den einzigartigen Lebensabschnitt, dessen Endpunkt dein vorprogrammierter Tod war, und all das, was ich während dieser Zeit persönlich mit dir geteilt habe, in Worte fassen. Das schulde ich dir als Dank. Das schulde ich auch jenen, die dieses ungewöhnliche Vorhaben verstanden, und erst recht jenen, die es nicht verstanden haben.

Ich bemühe mich, sie in ihre Einzelteile zu zerlegen, um Aufbau und Logik, die sie ermöglicht haben, vor Augen zu führen, wobei ich mich nur von meinen subjektiven Eindrücken und meinem eigenen Widerstand angesichts deines Entschlusses leiten lasse …

Nun bin ich an der entscheidenden Wende meiner Lehrzeit angelangt. Auf den geheimnisvollsten Seiten des Hefts, das in schwarzen Lettern deinen Namen trägt. Den düstersten Seiten? Ohne Zweifel den düstersten, denn bald, sehr bald … Und dennoch Seiten voller Klarheit und Helle, weil sie mir Klarheit verschafft haben, ich mit dir und mir darüber ins Reine gekommen bin, was die Frage angeht, wie man mit dem Tod umgehen kann.

Voller Klarheit und Helle, weil sie mir im dunkelsten Augenblick meiner Ängste, meiner Trauer um dich, einen Lichtblick ermöglicht haben, der Angst und Trauer verbannt hat.

Dir lege ich jetzt den vollständigen Bericht vor – ich habe dir nicht alles gesagt –, den ich nicht zuletzt für dich geschrieben habe.

Erinnerst du dich noch …?

Nur wenige Tage, bevor du uns verlassen hast, haben wir über eine ganz prosaische Einzelheit, die deinen Tod anging, Tränen gelacht. Es muss am »Tag des Nachthemds« gewesen sein. Erinnere dich an das Nachthemd …

Wie jedes Mal, wenn wir gemeinsam über etwas lachten, über das wir eigentlich hätten weinen müssen, habe ich an jenem Tag, als ich wieder ernst geworden war, zu dir gesagt: »Es ist unglaublich, was wir seit einiger Zeit erleben, Mama. Unglaublich, wozu du mich bringst. Der Weg … der Weg, den du mich zurücklegen lässt …«

»Ja, das stimmt«, hast du nachdenklich erwidert.

»Das müsste ... Das müsste man weitererzählen! Damit auch andere als ich ... Ich glaube ... das möchte ich aufschreiben ...«

Du hast dein Hebammengesicht gemacht. Das Gesicht von jemandem, der weiß, wann es Zeit ist, die Dinge in die Wege zu leiten.

»Meinst du, das ist wichtig? Das könnte nützlich sein?«

»Ja, das glaube ich ... Wichtig für den Kampf, den du schon so lange führst. Und vielleicht nützlich, um anderen zu helfen, den Tod mit anderen Augen zu sehen ...«

»Ja, dann erzähl's. Schreib's auf. Du hast mein volles Vertrauen ...«

Dieses Buch, das Buch über deinen Tod, ist das erste meiner Bücher, das du nicht liest, bei dem du nicht im Manuskript mit dem Bleistift Anmerkungen und persönliche Überlegungen notierst, deren Scharfsinnigkeit und Stichhaltigkeit mich so oft verblüfft haben. Aber vielleicht ist es auch das Buch, das wir in gewisser Weise gemeinsam geschrieben haben und das uns am engsten verbindet.

Ich schreibe es voller Vertrauen – dem Vertrauen, das du mir geschenkt hast, als unser Lachen die Tränen verdrängte – und ich schreibe es bewusst.

Das bedeutet, die letzten Wochen, die letzten Tage, die letzte Stunde in Worte zu fassen. Jeden Schritt bis zu deinem Tod genau zu verfolgen, die Tage im Kalender bis zum Schluss abzuziehen, ohne dass du diesmal die Seiten im Heft weiterblätterst, aber dennoch mit dir, mit dir als Toter, an dem Platz, den ich mir für den Rest meines Lebens für dich ausgesucht habe: in meinem Bauch, der aus deinem Bauch geboren ist …

Bevor man eine Reise antritt, und erst recht eine solche, müssen Vorbereitungen getroffen, Dinge geregelt, Koffer gepackt, Ratschläge erteilt und es muss Abschied genommen werden. Zu alldem hast du mich eingeladen, als bei deiner Lebensuhr die Pendelschläge gezählt waren …

Ich war nicht verpflichtet, diese Einladung anzunehmen. Du hättest Verständnis dafür gehabt, wenn ich abgesagt hätte. Es stand mir frei. Doch ich hätte es nicht verwunden, auf halbem Weg stehen zu bleiben und das Heft, ohne es zu Ende gelesen zu haben, aus Angst davor, dass das Schwierigste erst kam, oder unter dem Vorwand, dass ich nicht wusste, ob ich bereit war, zu schließen. Du warst jedenfalls bereit, und auf diese offenkundige Tatsache verließ ich mich, sah nur diese Gewissheit, die mein Schutzwall, mein Rettungsring war. Ich habe mich von dir leiten lassen.

Nicht ein einziges Mal hast du mich losgelassen, bis zu dem Moment, an dem du allein bleiben musstest, um das zu tun, was du zu tun hattest – um allein, von Angesicht zu Angesicht, dem Tod ins Auge zu schauen.

Dass ich deine Einwilligung und dein Vertrauen für ein Buch hatte, das ich vielleicht schreiben würde, war mir eine große Hilfe. Diese Einwilligung hat mich zu einem Versprechen veranlasst:

Von nun an würde ich mich nicht mehr der Pflicht entziehen, bis zur letzten Prüfung durchzuhalten. Ist das der Grund, weshalb ich deine Zustimmung gesucht habe? Das ist gut möglich, so wie ich auch nicht ausschließen kann, dass du sie mir gegeben hast, weil du wusstest, wie heilbringend der Gedanke des Schreibens für mich sein könnte …

Du kanntest die enge Bindung, die zwischen meinem Leben und den Worten besteht. Sie hat dich immer interessiert, vielleicht – wer weiß? –, weil Schreiben auch etwas mit Gebären, auf die Welt bringen zu tun hat …

Dabei fällt mir ein, wie sehr es mich gerührt hat, dass du ein paar Jahre nach dem Erscheinen meines ersten Romans *La Courte Échelle* insgeheim zu dem Haus in der Nähe von Brive-la-Gaillarde gefahren bist – es ist noch nicht lange her, zwei Jahre, kaum mehr –, in dem sich die Geschichte, die mich zu dem Roman angeregt hat, abgespielt hat. Du wolltest dem Rätsel des Schreibens und der darin enthaltenen Wahrheit auf die Spur kommen, den mysteriösen Übergang von erlebter Wirklichkeit in literarische Fiktion begreifen, als könne dir dieser Moment der Gestaltung mehr über deine Tochter sagen als das Buch selbst.

Du hast dich mit meinem Buch in der Hand durchs Haus führen lassen und dich dadurch, wie du gesagt hast, ganz in mich und meinen Schmerz in jener Zeit hineinversetzen können. Den Schmerz der Trauer – der Trauer um meinen Mann –, den wir schon damals geteilt haben.

Dieser Streifzug durch das Labyrinth der Worte, diese Art, sie zu zweit von innen heraus, von dem schmerzhaften, verborgenen Ort her zu betrachten, an dem sie entstanden sind, hat uns für immer verbunden und erklärt vermutlich das Entstehen dieses Textes hier …

Die Sache in Worte fassen … Die sorgfältig inszenierte Vorbereitung deines allmählichen Rückzugs aus dem Leben in allen Einzelheiten zu beschreiben versuchen und wie du das auf bewundernswerte Weise zu einem Ritual gemacht hast.

»Erzähl es. Ja, schreib es auf«, sagte die, die sich mit der Entstehung der Dinge auskennt.

Genügt eine Beschreibung, um den transzendentalen Charakter – ja, »transzendental« ist das Wort, das hier am besten zutrifft – deutlich zu machen, den diese Choreographie, dieser Tanz der Zeichen annimmt? Ich hoffe es … Ich möchte, dass man dieser Gestik nicht nur deine eiserne Entschlossenheit, sondern auch deinen tief verwurzelten innigen Wunsch anmerken kann, niemandem damit etwas Grausames zuzufügen, kurz gesagt, ich möchte, dass man deinen Schritt als legitim ansieht, mehr noch, seine Schönheit anerkennt …

* * *

Es waren vor allem Gegenstände, Gegenstände mit besonderer Bedeutung, die in deiner Logik – die mancher als makaber ansehen mag – zur Inszenierung beitragen sollten. Genau genommen hattest du schon vor langer Zeit damit begonnen. Schon in meiner Kindheit hattest du mich mit dieser Gedankenwelt vertraut gemacht …

Die unterste Schublade der Kommode im so genannten Mädchenzimmer war abgeschlossen. Ich saß davor auf dem Boden. Vor mir ein Geheimnis. So hast du mich überrascht.

»Was machst du da, mein Schatz?«

»Nichts … Was ist in der verschlossenen Schublade?«

»Briefe und alle möglichen Dinge, die ich aufhebe.«

»Zeigst du sie mir? Ich möchte sie nur mal sehen.«

Du hast gelächelt. Dann hast du die Schublade aufgemacht, damit ich einen Blick hineinwerfen konnte. Darin lagen tatsächlich Briefe und kleine zugeschnürte Bündel, jeweils mit einem Zettel versehen, auf den du mit deiner schönen schrägen Schrift ein paar Worte geschrieben hattest.

Du hast mir erklärt, dass es kostbare Erinnerungsstücke seien, Überbleibsel aus deiner Kindheit, aus deinem Leben, Dinge, an denen du sehr hängst und die du für uns, deine Kinder, für später aufbewahrst.

»Für später?«

»Ja, für später, wenn ich nicht mehr da bin …«

»Vorher nicht?«

»Nein, vorher nicht.«

Du hast mir erklärt, was es heißt, etwas weiterzugeben, und welche symbolische Bedeutung in dieser Geste liegt. Wie die Gegenstände weiterleben, wenn sie von Hand zu Hand weitergegeben werden, und wie sie denen, die davongehen, erlauben, noch ein wenig dazubleiben. Und denen, die dableiben, erlauben, sie nicht zu vergessen.

Ich erinnere mich noch gut an diese Begebenheit, weil du mir an jenem Tag versprochen hast, dass ich eines Tages den originellen Anhänger aus den dreißiger Jahren bekäme, den ich schon immer an deinem Hals bewundert hatte, und weil ich mir damals sofort große Vorwürfe machte, dass ich um das Schmuckstück gebettelt hatte. Ich hätte gern den Anhänger gehabt, aber nur unter der Voraussetzung, dass du dabliebst.

»Aber dann bin ich doch bestimmt unglücklich, wenn ich ihn später trage!«

»Nein, nein, im Gegenteil. Dann bist du glücklich. Du wirst schon sehen!«

Ja, ich sehe es nun. Ja, ich bin glücklich, ihn zu tragen. Aber das Erstaunlichste daran ist, dass du, was das »später« betrifft, eine Ausnahme gemacht hast, die ich zwangsläufig mit diesem bedeutsamen Gespräch aus meiner Kindheit in Verbindung bringe, bei dem du mir, ausgelöst durch meine Neugier, eine deiner ersten Lektionen über den Tod erteilt hast ...

An meinem fünfzigsten Geburtstag, vor neun Jahren, bist du früher als alle anderen zu uns in die Wohnung gekommen, während ich noch mitten in den Vorbereitungen für die Party steckte: »Es ist völlig normal, dass ich als Erste da bin«, hast du im Scherz gesagt, »ich bin schließlich kein Gast! Als deine Mutter bin ich doch nicht so ganz unbeteiligt an dieser Sache, findest du nicht?«

Du hast dich eine Weile hingesetzt, um wieder zu Atem zu kommen (deine vierundachtzig Jahre machten dir schon schwer zu schaffen), und dann hast du aus deiner Handtasche ein kleines verschnürtes Päckchen geholt. Es war der Anhänger.

Ich dachte: Ich erhalte von meiner Mutter das schönste aller Geschenke, und trotzdem könnte es schlimmer nicht sein. Ich sah uns wieder vor der offenen Schublade hocken, wie vor der Büchse der Pandora: »Später?«

»Ja, später, wenn ich nicht mehr da bin ...«

»Vorher nicht?«

»Nein, vorher nicht.«

Eine widersprüchliche Mischung aus Glück und Zweifel. Es gelang mir nicht, diese beiden Empfindungen voneinander zu trennen, so ausgeprägt waren sie, so stark, dass ich kein Wort herausbrachte. Unaussprechlich, die Worte.

Ich sah dich fest an, wie auf der Türschwelle, wenn ich für längere Zeit verreiste. Meine Augen sahen dich ungläubig und fragend an. Du hast die Frage verstanden und gesagt: »Aber nein! Sei unbesorgt ...«

Du hast den rituellen Satz nicht zu Ende geführt. Das war überflüssig.

Es war »noch nicht so weit«. Das Kind, das an diesem besonderen Tag noch immer in mir steckte, konnte noch einmal an deine Unsterblichkeit glauben. Du warst da, standst vor mir, und ich hatte den Anhänger. Das war wirklich zu viel …

»Das ist zu viel, Mama … Das will ich nicht … Ich kann ihn nicht tragen …«

Nein. Vorher nicht. Nicht bevor du davongegangen warst. Ich hatte mir die Lektion gut eingeprägt. Du konntest nicht lebendig und zugleich symbolisch tot sein, nicht wahr? Das Schmuckstück gehörte dir, denn du warst ja gekommen, um meinen Geburtstag zu feiern. Zugleich spürte ich, dass ich dieses Geschenk unmöglich zurückweisen konnte, denn sein höchster Wert bestand darin, dass du es mir selbst gabst. Und ich spürte auch, dass es dir vermutlich wichtiger war, mir zu meinem fünfzigsten Geburtstag mit einer Geste, die du dir reiflich überlegt hattest, ein besonderes Geschenk zu machen.

Heute, nachdem ich den Tanz der Zeichen bis zu Ende miterlebt habe, sehe ich noch einen anderen Sinn in diesem Geschenk. Aber in jenem Augenblick fand ich einen Kompromiss, der uns beide befriedigt hat, auch wenn du mich einen Schelm genannt hast …

»Also gut«, sagte ich, »der Anhänger gehört jetzt mir, aber ich leihe ihn dir. Wir tragen ihn abwechselnd, einverstanden? Als Erste bist du an der Reihe!«

Und so haben wir es gehalten (oder fast so, denn ich habe dich natürlich nie gebeten, ihn mir zurückzugeben. Ich bin nie an die Reihe gekommen, habe mich absichtlich übersprungen, auch wenn du die Sache durchschaut hast, im Übrigen haben wir oft darüber gescherzt), bis ich den Anhänger »danach« wiederfand, mit einem Zettel, auf dem in deiner schönen schrägen Schrift mein Name stand.

Jetzt bist du an der Reihe, mein Schatz. Für immer an der Reihe … Hast du das gedacht, als du meinen Namen schriebst? Ja, da bin ich mir sicher.

Dieses Weitergeben von Hand zu Hand, dieses Vermächtnis zu Lebenszeit, das mit dem Anhänger begann, war eine symbolische Vorwegnahme der Verteilung aller möglichen Gegenstände, die du in den letzten Wochen deines Lebens vorgenommen hast.

Das systematische Vorgehen, mit dem du die »Schenkungen« vor deinem Tod geregelt und durchgeführt hast, war eine richtige Choreographie. Die Gegenstände, die erst »danach« weitergegeben werden und wir erst finden sollten, wenn du nicht mehr da sein würdest, wurden bei dieser Inszenierung anders behandelt.

Bei jedem meiner Besuche hattest du etwas für mich zurechtgelegt, das ich unbedingt mitnehmen musste. Es handelte sich dabei manchmal um recht ausgefallene Dinge.

»Hier, mein Schatz, nimm das mit, ja?«

Und dann stand ich da mit einem trockenen Rebstock oder einem Teppichklopfer aus Weidenruten, die du nicht wegwerfen wolltest: »Wenn du sie in die Ecke neben den Kamin stellst, stören sie dich doch bestimmt nicht, hm?«

Ein anderes Mal waren es Steine, Dutzende von Steinen, schöne und weniger schöne aus aller Herren Länder, und die alle, aus Gründen, die nur du kanntest, für dich wichtig waren: »Ich weiß, dass auch du Steine liebst, nicht wahr?« Du konntest sie dir gut auf der Terrasse hinter unserem Haus im Süden vorstellen, um die Blumentöpfe zu sichern, damit sie beim Mistral nicht umfielen. Die spanischen Reiskörner, die du auf einem Reisfeld bei Valencia aufgelesen und wie Diamanten in einer kleinen Plastikdose aufbewahrt hattest, werden wir bald in der Nähe der Trauerweide, wie du mich ausdrücklich gebeten hast, aussäen. Die Pflanze aus dem korsischen Maquis auf dem schmiedeeisernen Dreifuß (vor langer Zeit von sensiblen Jungen geschmiedet, für die du Krankenschwester und Mutter zugleich warst) macht sich prächtig vor den großen Fenstertüren in unserem Wohnzimmer. Sie wird zu Weihnachten blühen – weiß, wie du mir versprochen hast –, ganz bestimmt …

Und so wanderten die Gegenstände, die du nicht zu opfern vermochtest, auf die natürlichste Weise der Welt von deiner Hand in meine.

Der Gedanke, diese kleinen Schätze zu »retten«, bereitete dir große Freude. Deine Freude ließ auch in mir so etwas wie Freude aufkommen. Wir haben manchmal aus dieser Übergabe, diesem Ballett, bei dem die Gegenstände das Haus wechselten, ein Spiel gemacht. Du sahst zu, wie ich beladen mit diesen kleinen Beweisstücken deines Daseins deine Wohnung verließ, und warst erleichtert, als sei dir eine schwere Last oder buchstäblich ein Stein vom Herzen gefallen.

Ich dagegen war, wenn ich diese Gegenstände, die Teil deiner selbst gewesen waren, mit dem Auto nach Hause transportierte, ziemlich bedrückt und schwermütig. Es kam mir vor, als hätte ich dich bei lebendigem Leib zerstückelt, und ich fürchtete, die Dinge könnten unterwegs zu Staub zerfallen, weil sie dir entrissen worden waren, bis ich schließlich, zu Hause angekommen, für jedes den Platz fand, der ihm zustand und der ihm zu neuem Leben verhalf.

Das war das Ziel, das du insgeheim verfolgt hast – das habe ich nach und nach begriffen. Nach und nach begriff ich auch dessen wunderbare, stringente Logik. Dadurch hast du diese winzigen Spuren deines eigenen Lebens vor dem Vergessen bewahrt, vor dem Tod. Du hast sie mir anvertraut, damit sie zu neuem Leben erwachten. So werde ich es später mit meinem Sohn wohl auch machen …

Die Lektion des Weitergebens, die in meiner Kindheit vor der verschlossenen und dann geöffneten Schublade begonnen hatte, fand nun, gut fünfzig Jahre später, ihren Abschluss. Du wolltest, dass auch ich bei diesem Reigen mit dir die Sache leicht nahm …

Die Tage vergingen, und ich lernte. Ich lernte, wie lebendig der Tod ist.

Doch dann wurde die Lektion komplizierter. Wurde schwieriger, als du mich eines Morgens anriefst: »Mein Schatz«, hast du mit klarer Stimme gesagt, »wenn du das nächste Mal kommst, vergiss nicht, deine Briefe, deine Schulhefte und vor allem deine Zöpfe mitzunehmen! Ich habe Angst, dass ich es vergesse! … Ich habe so viele Dinge im Kopf!«

»Ja, ja. Mach dir keine Sorgen«, erwiderte ich ebenso unbeschwert, als hättest du mich gebeten, dich daran zu erinnern, mir ein Buch oder einen Zeitungsartikel zurückzugeben.

Diese Art von – häufig geführten – Zwiegesprächen, diese nüchterne, fast naive Weise, die materielle Seite deines Todes zu regeln und dabei alle tragischen Aspekte auszuklammern, überwältigte mich.

Lag es an dem seltsamen Eindruck dieser Diskrepanz, dass mir die Worte und Handlungen fast abstrakt vorkamen? Das half mir auf jeden Fall, die Dinge leichter zu nehmen. Dieses Gefühl der Abstraktion hatte ich schon auf ähnliche Weise bei F.s Tod erlebt … Denn wie hätte ich mich, wenn mir das Ganze nicht so abstrakt vorgekommen wäre, mit dem Gedanken abfinden können, dass in dieser noch warmen Urne, die man mir an einem eisigen Wintermorgen auf dem Friedhof Père-Lachaise übergab, wirklich F. war?

Der Reigen der Gegenstände nahm also neue Formen an. Nun ging es um meine eigenen Spuren.

Jetzt hast du mich mit Dingen konfrontiert, die Teil meiner selbst waren. Nun musste ich all das, was du aus meiner Kindheit aufgehoben hattest, mit nach Hause nehmen, um es vor dem Vergessen zu bewahren, wie du es getan hattest, während du verfolgtest, wie ich heranwuchs …

Gemeinsam überflogen wir also die Briefe, die du aus meiner Jugend aufbewahrt hattest – aus einer Zeit, als ich noch eine aufsässige, verzweifelte Internatsschülerin in marineblauer Uniform war.

Ich las einige Passagen, die mir vertraut und zugleich erstaunlich fremd vorkamen, laut vor.

Du hast gerührt zugehört (mit, wie ich vermute, der gleichen Miene wie damals, als du sie zum ersten Mal last, denn du hast unter meinem erzwungenen Internatsaufenthalt ebenso gelitten wie ich). Du schienst sie besser zu kennen als ich, dabei hatte ich sie geschrieben.

Gemeinsam blätterten wir die Seiten meiner Schulhefte durch. Ich erkannte manche Zeichnungen wieder und sogar einige mit *a* oder *o* gefüllte Zeilen in veilchenblauer Tinte. In einem der Hefte fand ich mein Herbarium. Eine der getrockneten Blüten flatterte mir auf den Schoß.

Du hast mich mit einem Lächeln auf den Lippen nachdenklich angesehen. Diese Streifzüge durch die Kindheit, diese melancholische Wanderung durch die Vergangenheit nahmst du schon seit Monaten auf den Pfaden deines eigenen Lebens vor. Monate, die du damit verbracht hattest, aufzuräumen, Monate, um die Koffer für die letzte Reise zu packen, und jeder Gegenstand weckte, wie du sagtest, eine Erinnerung in dir, die du vermutlich im Geist noch einmal erleben musstest, um sie für immer zu verlassen …

»Komm!«

Ich folgte dir in dein Schlafzimmer. Folgte deinem Schritt, der taumelnd, aber beharrlich und entschlossen war, so wie du jetzt.

Wir standen vor deiner Kommode. Du hast die untere Schublade aufgezogen – sind die Dinge, die man sein ganzes Leben lang aufbewahrt, immer für die untere Schublade bestimmt? Aus dieser Schublade hast du ein Ledertäschchen hervorgeholt. Aus dem Ledertäschchen einen Umschlag. Aus dem Umschlag Haare.

»Meine Zöpfe?«

»Ja. Deine Zöpfe als kleines Mädchen!«

Zwei goldblonde, seidige Zöpfe, die jeweils mit zwei türkisfarbenen Schnüren zusammengebunden waren, wie sie andernorts zum Erdrosseln benutzt werden, denn man sah deutlich, dass die Zöpfe unbarmherzig mit der Schere abgeschnitten worden waren und die Kindheit in jenem Augenblick wohl doch ein wenig geblutet hat.

Ich weiß nicht mehr, ob ich selbst diesen schicksalhaften Schnitt mit der Schere gewollt hatte, den ein inzwischen vergessener Frisör vornahm, aber noch fünfzig Jahre danach versetzte es mir einen Stich (so wie es mir einen Stich versetzt hat, als die ersten Locken meines Sohns, die ich natürlich in einer unteren Schublade aufbewahre, der Grundschule geopfert wurden).

Ich dachte: War die messerscharfe Schneide, die

heute über unserem Nacken schwebt, so anders? War sie nicht aus dem gleichen Metall wie die scharfe Schere aus den Tagen der Kindheit?

Du hieltst die verrinnende Zeit in den Händen. Das Sinnbild der vergangenen Zeit. Und ich sah zu, wie du zum letzten Mal die goldblonden Zöpfe anblicktest, die ich als kleines Mädchen getragen hatte.

Von den Zöpfen musstest du dich trennen. Und auch von dem kleinen Mädchen, das sie getragen hatte (das du gekämmt und frisiert hattest) und das sie natürlich zurückbekam. So erforderte es die Choreographie.

Und dabei hast du unwillkürlich etwas getan, was in deinem Plan nicht vorgesehen war, da bin ich mir sicher. In dem Augenblick, als du mir meine Zöpfe hinhieltst, um mir jenen Teil von mir zurückzugeben, den du für mich aufbewahrt hattest, hast du einen zarten Kuss darauf gedrückt, flüchtig wie ein geraubter Kuss.

Ich habe so getan, als hätte ich diesen Abschiedskuss nicht gesehen, der so unbeschwert sein sollte. Unbeschwert war er nicht, ganz und gar nicht – das wussten wir beide –, denn während du dich für immer von dem kleinen Mädchen mit den Zöpfen trenntest, nahm ich Abschied von der Mutter, die so oft liebevoll die Lippen auf meinen Kopf, auf das Haar des umhegten Kinds gedrückt hatte …

Diese unvermutete Geste verfolgt mich noch heute in ihrer stummen Rührung, die wir beide teilten. Der flüchtige Moment des Kusses wiederholt sich unentwegt in meinem Kopf. In diesem winzigen Moment, der kaum länger gedauert hat als ein Lidschlag, konnte ich ermessen, wie schmerzlich es für dich war, dich von den Deinen loszureißen – auch wenn du den Entschluss mit großer Gelassenheit gefasst hattest – und wie ernst du noch immer deine Mutterrolle nahmst.

Ich habe meine Zöpfe zu A.s Locken in eine untere Schublade gelegt. Aber das ist nicht alles. Die symbolische Vereinigung der Haare hat eine unerwartete Fortsetzung gefunden, die dir bestimmt gefallen würde.

Als wir nach deinem Tod deinen Haushalt auflösten und die Schränke leer räumten, einen nach dem anderen, und bei jedem Gegenstand, den wir fanden, genau wie du den Weg der Erinnerung zurückgingen, entdeckte ich plötzlich zwischen Stapeln einfacher Damenunterwäsche etwas sehr Weiches, sehr Sanftes: dein Haar … Knäuel von unterschiedlich schattierten Haaren, manche zu Zöpfen geflochten, andere in hellen Nylonnetzen zusammengerollt, denn du hattest, wie du in deiner schönen schrägen Schrift auf einen weißen Zettel geschrieben hattest, nicht mehr die Zeit, sie alle zu flechten, ehe du uns verlassen hast.

Von deinem eigenen Haar hast du dich nicht trennen können. Jedem Haarknäuel entsprachen wohl ganze Abschnitte deines Frauenlebens, dessen intime, treue Zeugen sie waren. Jede Farbabstufung sagte dir vermutlich etwas und führte dir besser als jeder andere vertraute Gegenstand Momente deines Daseins wieder vor Augen.

Du hast nicht mehr an Gott geglaubt, aber diese Bruchstücke deines Seins auf geradezu religiöse Weise aufbewahrt, als wären es kostbare Reliquien, die du uns, deinen Kindern, überlassen wolltest, damit wir nach eigenem Belieben darüber verfügen konnten. So bescheiden deine Wohnung auch war, wie wir nach deinem Tod noch einmal feststellen konnten, besaß sie doch einen geistigen Reichtum, der in allen für uns aufbewahrten Gegenständen darin zum Ausdruck kam, dass wir sie mit dir geteilt hatten und dass sie uns wichtig waren. Das war ihr ganzer Reichtum.

Ich wollte dein Haar haben, um meine Hände und meine Gedanken darin zu versenken. Die unterschiedlichen Abstufungen von Grau meliert über Grau bis hin zu Weiß überwältigen mich noch immer. Ich finde darin die Mutter aus verschiedenen Zeiten wieder, finde dich wieder, in unterschiedlichen Momenten deines, aber auch meines Lebens.

Wenn meine Hände und meine Gedanken die mit diesem Haar verbundenen Erinnerungen erschöpft haben – aber können sie sich je erschöpfen? –, lege ich es zu meinem und zu A.s Haar in die untere Schublade. Das ist doch gut, nicht wahr? Mir gefällt die Idee dieser Vereinigung, die andere vielleicht nach uns entwirren …

Mir ist zu jenem Zeitpunkt und erst recht »danach« bewusst geworden, wie ungeheuer groß deine »Arbeit«, wie du das nanntest, war. Du hast alles, was du besaßt, gesichtet und sortiert. Was bleiben sollte, hast du wieder eingeräumt und mit einem Etikett versehen, um uns, wie du sagtest, möglichst wenig Arbeit zu machen.

Und das traf zu, da du diese Aufgabe, die in deinen Augen in moralischer, aber auch in emotionaler Hinsicht unerlässlich war, so gründlich erledigt hast.

Es handelte sich, wie gesagt, nicht nur darum, Ordnung zu schaffen, was Gegenstände oder Kleidung betraf, sondern sie mit deinem Leben und der für dich damit verbundenen Geschichte in Zusammenhang zu bringen. Du hast manchmal aufgeschrieben, wo sie herkamen, in welchem Bezug sie zu deinem Leben standen und sogar welche Bestimmung du dir für sie wünschst. Dazu dienten diese Dutzende und Aberdutzende von kleinen Zetteln mit rührenden und manchmal humorvollen Worten, mit denen du selbst das kleinste Päckchen beschriftet hast. »Dieses Kleid habe ich sehr geliebt«, »Alte Spitzenhäubchen, aber ohne Arsen!«, »Vorsicht beim Öffnen!«.

Wir fanden all deine kleinen beschrifteten Zettel. Es war wie bei einer Schnitzeljagd oder einer Schatzsuche. Mehr als einmal haben wir »danach« darüber gelächelt. Auf jeden Fall erfüllten sie den Zweck, den du damit verfolgt hast: Wir haben dich lebendig, voller Schalk und Zärtlichkeit inmitten der Überbleibsel deiner Vergangenheit wiedergefunden. Der Schatz, das warst du.

Aber am erstaunlichsten war, dass du uns die Vorbereitungen nie verheimlicht hast. Du hast das »Danach« ostentativ vor unseren Augen arrangiert. Ich habe dich oft bei dieser »Arbeit« überrascht, und nicht selten hast du mich sogar gebeten, dir dabei zu helfen.

Gegen Ende, wenn ich eine Schublade öffnete, um etwas herauszunehmen, kam es manchmal vor, dass ich auf einen dieser kleinen beschrifteten Zettel stieß, der schon bereitlag: »Nein, nicht diese Schublade! Sie ist schon aufgeräumt. Da darfst du nicht mehr rangehen!« Ehe ich sie zuschob, hatte ich Zeit, die an uns gerichteten Zeilen zu lesen, und dabei das seltsame Gefühl, dass du, wenngleich noch so lebendig, schon ein wenig tot warst. Ich hätte dich am liebsten gescholten, brachte es aber nicht übers Herz.

Das Wort »Arbeit«, für dich untrennbar mit deiner Tätigkeit als Hebamme verbunden, die du warst und bist, bekam für mich in den letzten Wochen vor deinem Tod noch eine andere Konnotation: Mir wurde immer deutlicher, dass ich deine Arbeit mit dem psychischen Prozess in Verbindung bringen musste, den man »Trauerarbeit« nennt, ein Ausdruck, den ich nicht sonderlich mag, auch wenn er durchaus zutreffend ist. Das Aufräumen half dir, die mit den Gegenständen verbundene Erinnerung wieder aufleben zu lassen, und das Etikettieren, ihnen Lebewohl zu sagen …

»Warum bereitest du alles so sorgfältig vor, Mama? Für dich? Für uns?«

»Für mich und für euch, mein Schatz.«

»Und wenn man ganz plötzlich stirbt, ohne etwas vorbereitet zu haben?«

»Das ist natürlich besser ... Aber andererseits habe ich beim Aufräumen Zeit zum Denken ...«

»Und woran denkst du?«

»An alles ...«

An alles Schöne und an alles Hässliche.

An alle angenehmen und an alle unangenehmen Dinge.

Die Gegenstände haben dir erlaubt, Erinnerungen aus zweiundneunzig Jahren zurückzuverfolgen, Erinnerungen, lebendig wie die Freude, lebendig wie der Schmerz.

Trauerarbeit ... Eine Abfolge von Handlungen, die darin besteht, Dinge aus der Versenkung hervorzuholen, auszugraben, um sie noch ein letztes Mal wieder zu sehen und die Vergangenheit, den im Leben zurückgelegten Weg zu betrachten.

Eine Arbeit, die nur du machen musstest?

Nein, nein, auch ich, denn ich hatte ja den Wunsch ausgesprochen, dich zu begleiten, ich, die Schülerin in der Schule des Todes, deines Todes.

Auch ich musste diese Arbeit tun.

Heute kann ich sagen, dass ich mit dem Reigen der Gegenstände, von dem ich mich bereitwillig habe mitreißen lassen, ins Herz deiner Logik, deiner Lebensphilosophie eingedrungen bin.

Du hast mich mit dieser subtilen Choreographie, deren Gestik ich nicht immer sogleich erfasste, mehr und mehr in meine Rolle eingeweiht.

Geschickt hast du zwischen einfachen und komplexeren Figuren abgewechselt.

Als einfache Figur bezeichne ich es, wenn ich Dinge aus deiner Wohnung in meine schaffte, Dinge, die dir wichtiger waren als mir, wie die Steine zum Beispiel, und als komplexe Figuren die Zurückgabe von Dingen, die vor allem mir wichtig waren, wie mein brauner Stoffbär, den du seit langem (also schon immer) aufbewahrt hattest und den ich in erbärmlichem Zustand – seine Beine und Arme waren mit alten Nylonstrümpfen verbunden, die dir gehört hatten – in Empfang nehmen musste.

Zu dem braunen Bären, der mich oben von meinem Schlafzimmerschrank – der offensichtlich auf ihn gewartet hatte – betrachtet, habe ich noch heute eine seltsame Beziehung. Er ist der Einzige, dessen Gegenwart mir noch unpassend vorkommt, der Einzige, der mich unsanft daran erinnert, dass ich keine Mutter mehr habe.

Deine Logik …

Sie bestand darin, mich bei jedem meiner Besuche auf undramatische Weise kleine symbolische Akte der Trauer vollziehen zu lassen und das möglichst oft zu wiederholen, um die Wirkung der echten Trauer zu dämpfen, abzuschwächen – wie sich die Krankenschwester dachte – und um mich so, wie schon erwähnt, dagegen immun zu machen.

Ich habe dir nicht alles gesagt.

Ich habe dir nicht gesagt, wie sehr ich damals trotz der Fortschritte, die ich im Umgang mit meiner Angst zu machen schien, an der Wirksamkeit deines Impfstoffs zweifelte. Ich habe nie so recht an dieses homöopathische Heilmittel für die Seele geglaubt. Das war ein Irrtum. Und dennoch tat ich so, als glaubte ich daran. Ich machte das Spiel mit. Ich verhielt mich ähnlich wie ein Sterbender, der sich für alle Fälle auf ein Medikament einlässt, in das er seine letzte Hoffnung setzt, um sich nicht vorzuwerfen, er habe nicht alles versucht …

Und außerdem, wie soll ich sagen … fand ich in der Art, wie du meine unsicheren, zögernden Schritte gelenkt hast, etwas unglaublich Zärtliches und Vertrautes wieder.

Es kam mir vor, als sähe ich dich wieder vor mir, wie du mir mit der gleichen Aufmerksamkeit dabei halfst, meine Gabel zu halten oder beim Schreiben den Füller, wenn ich *a* oder *o* übte. Du hast mir deinen Tod so beigebracht, wie du mir Essen oder Schreiben beigebracht hattest: Du hast mich verbessert, berichtigt, warst stets bereit, mir zu Hilfe zu eilen, mich zu unterstützen.

»Hältst du mich auch gut fest?«

»Aber sicher, ich halte dich fest!«

Dass ich stockte und taumelnd den unbekannten Weg entlangging, den du mich nehmen ließt, damit hattest du gerechnet. Manchmal hast du mir eine kleine Verschnaufpause gegönnt, aber danach musste es wieder weitergehen. Zum Bummeln fehlte uns die Zeit. Die Zeit …

* * *

Was soll ich dir über die Zeit sagen, über das Zählen der Tage? Denn jetzt ließen sich die Pendelschläge deiner Lebensuhr bereits in Tagen zählen. Dir sagen, dass sich die Zeit, ähnlich wie die Angst, schon wieder verändert hatte? Noch einmal verwandelte sich die Maßlosigkeit und die explosive Gewalt der Realität in ihr Gegenteil, wurde zu etwas fast Abstraktem.

Ich kann nicht behaupten, dass ich in den letzten vierzehn Tagen, bevor du dir das Leben nahmst, mehr gelitten hätte als zuvor. Sie waren nur anders. Das ist alles. Und ich war eine andere. Jemand, den ich nur mit Mühe wiedererkannte, da ich dieser Jemand war, hatte beschlossen, diese letzten beiden Wochen so normal wie möglich zu verleben, gewissermaßen genau wie immer, so als würdest du nicht sterben – denn das hast du dir gewünscht, wie ich wusste. Und das hat dieser Jemand zur großen Überraschung einiger enger Freunde, die ins Vertrauen gezogen waren und mit mir die Pendelschläge zählten, in manchen Augenblicken tatsächlich fertig gebracht. Ein typischer Fall von Persönlichkeitsspaltung, ich weiß, aber sehr wirksam für den, der es erlebt …

Ich dachte: Vielleicht ist man sich gerade dann am nächsten, wenn man ein anderer ist …

Meine Angst hatte immer öfter ihren Ursprung in der Kindheit, schwemmte wie ein Fluss, der über die Ufer tritt, Reste meiner kindlichen Schreckensvisionen an. Überbleibsel düsterer Momente, die immer von der Angst vor deinem Tod genährt wurden, die mich das ganze Leben verfolgt hat …

Zurück in meine Kindheit also. Du bist krank. Ohne Zweifel krank.

Die Schwere deines Leidens ist für mich mit der blutbefleckten Binde verbunden, die schon zu lange im Waschbecken des Badezimmers zum Einweichen liegt, sowie mit dem Geruch des Bleichmittels.

Du bist ohne Zweifel krank, denn die Tür zu deinem Schlafzimmer ist geschlossen. Deine Tür ist geschlossen, und von drinnen dringt kein Laut an mein Ohr. Ich warte. Lange. Pendelschläge. Lange. Folglich bist du nicht krank, sondern tot. Ohne Zweifel tot.

Ich hocke auf dem Boden und presse das Ohr an die Tür. Ich horche auf den Tod. Aus Angst vor deinem Tod drücke ich mich mit meiner ganzen liebevollen kindlichen Wärme an diese Tür. Wenn ich lange genug dort bleibe, überlege ich mir, wenn ich aus ganzer Seele darum bitte … die Tür geht auf. Es ist mein Vater. »Was machst du da, mein Fratz?« »Nichts. Gar nichts.« Ich gehe hinein. Du lächelst mir zu. Gerettet! Ja, aber für wie lange? …

In den letzten beiden Wochen warst auch du genau wie immer – außerhalb der Schulstunden, wenn ich das mal so nennen darf –, erstaunlich normal und ganz du selbst, ich dagegen fühlte mich wie eine andere.

Ich bewunderte es, dass du dir selbst treu bleiben konntest. Deine Arbeit und dein Wille hielten dich aufrecht, um deine letzte Aufgabe, deine letzte Pflicht zu erfüllen – trotz der Müdigkeit, des Erzfeindes aus alter Zeit. Die Müdigkeit war deine Qual, machte dich traurig, wie die Hinfälligkeit.

Es hat lange gedauert, ehe du den verhassten Satz »Ich bin müde« hast aussprechen können, denn du hattest ihn aus deinem Wortschatz verbannt und dir dieses Verbot zur Regel gemacht, es war für dich eine Frage der Selbstachtung, der Seelengröße. Um diese Regel zu verstehen, deren Übertretung einem Tabu gleichkam, muss man in die Zeit deiner Ausbildung zurückkehren und eine Anekdote erwähnen, die du gern erzählt hast: Nach vierundzwanzigstündigem Bereitschaftsdienst ohne Ruhepause sind dir beim Geburtshilfeunterricht für zwei oder drei Sekunden die Augen zugefallen. Die Lehrerin rügte dich mit folgenden Worten: »Mademoiselle! Wenn Sie nicht fähig sind, für längere Zeit auf Schlaf zu verzichten, können Sie die Hebammenausbildung auch gleich abbrechen!«

Diese Kränkung hat sich tief ins Bewusstsein des frommen Mädchens eingeprägt, das du damals warst.

Heute trägst du keine Bibel mehr unter dem Arm, aber die moralische Rechtschaffenheit ist geblieben. Müde zu sein ist unehrenhaft und die Müdigkeit eine Form von Schande, die auch deine zweiundneunzig Jahre in deinen Augen nicht zu entschuldigen vermögen.

Ich habe gesehen, wie du geweint hast, weil du

dir deine Müdigkeit eingestehen musstest. Wenn dich die Hinfälligkeit besiegte, konnte das nur heißen, dass du den Kampf gegen die Zeit und gegen dich selbst verloren hattest.

In den innigen Momenten der letzten Wochen habe ich dich genauer betrachtet denn je, nicht nur, um mir dein Gesicht für immer einzuprägen, sondern auch, um besser diese Müdigkeit zu verstehen, die dich letztlich aufgeben ließ.

Ich habe sie gesehen. Habe sie gespürt, sie fast selbst empfunden.

Deine Müdigkeit tat mir weh, machte mich geradezu krank. Ich hätte gern deinen krummen Rücken wieder aufgerichtet, deine Arme gestrafft, deinen Beinen neue Kraft gegeben, deiner Figur ihre alte Form verliehen und dich aus dieser Zwangsjacke gerissen, die deinen einst so aufrechten, stattlichen, gelenkigen und so ganz und gar lebendigen Körper verunstaltete.

Deine Müdigkeit sprang mir ins Auge, tat mir von Herzen weh. Sie war unverkennbar, wie schon zwei Jahre zuvor in unserem Haus im Süden, als ich Muße hatte, sie Tag für Tag zu beobachten und ihr unbarmherziges Fortschreiten aus der Nähe zu verfolgen, denn du hast nicht gemogelt, weder mit ihr noch mit uns.

Die grausamen Fesseln des Alters – sein wahres Gesicht – waren noch deutlicher zu erkennen als damals. Du wurdest von ihnen behindert, eingeschnürt wie ein Baumstamm von wucherndem Efeu!

Alles wurde dir zu weit, zu schwer, zu hoch, zu tief, mit einem Wort unerreichbar, oder erforderte eine solche Anstrengung, dass dein Kopf, der noch so lebendig und stolz war, es nicht mehr mitmachen wollte. Er wollte nicht, dass sich dein erschöpfter, geschwächter, hinfälliger Körper noch länger plagte. Und wer wusste, ob der Efeu nicht nach dem Körper noch den lebendigen, stolzen Kopf überwuchern würde, um auch ihn zu erdrücken und daran zu hindern, dem Schicksal aufrecht zu begegnen?

Ich begriff, dass du die Müdigkeit auch deshalb nicht hinnehmen konntest, weil du das Leben zu sehr geliebt hast. Es entsprach dir nicht, war nicht Hochmut oder narzisstischer Dünkel, wie man hätte vermuten können.

Manchmal kann die Liebe zum Leben so groß sein, dass man den Tod vorzieht.

Manchmal kann der Wille zu sterben eine Hymne an das Leben sein.

Ich gestand dir jetzt ohne Zögern das Recht zu, unbesorgt die Augen zu schließen, die so gut über das Geschick der Deinen und darüber hinaus das der Gemeinschaft gewacht hatten. Das Recht, sie freiwillig zu schließen, so wie man beschließt, ins Bett zu gehen, ganz einfach, weil es Zeit ist und die Pflicht im Leben erfüllt. Niemand konnte dich jetzt mehr davon abhalten. Das Recht zu sterben. Das Recht, in Würde zu sterben, weil du lange genug gegen die Zeit und gegen dich selbst gekämpft hattest – bis an die Grenzen des eigenen Willens.

Der Entschluss, die Augen zu schließen und deinem Leben ein Ende zu setzen, hieß Belohnung.

Der Wunsch zu sterben war nicht unwürdig, der Wunsch dazubleiben dagegen, so müde, wie du warst, wäre es gewesen.

Schwierig, das den Leuten später zu erklären: »Aber warum hat sich Ihre Mutter denn das Leben genommen? War sie krank?«

»Nein. Sie war müde.«

Unverständnis. Müde? War das vielleicht ein Grund zu sterben?

Für dich ja. Das war ein Grund. Ein guter, nur allzu berechtigter Grund. Du hattest immer den Deinen und darüber hinaus der Gemeinschaft nützlich sein wollen. Wolltest stets einsatzbereit sein, gewissermaßen wie ein Küchengerät funktionieren: »Weißt du, mein Schatz, mein Backofen tut's nicht mehr!«

»So? ... Dann müssen wir ihn reparieren lassen!«

»Aber nein! Er ist endgültig kaputt, das ist alles!«

Das Gleiche passierte in der letzten Zeit auch mit dem Toaster und anderen Küchengeräten. »Siehst du, alles geht kaputt, nichts funktioniert mehr, genau wie bei mir. Es sieht fast aus, als hätten sich meine Küchengeräte untereinander abgesprochen. Sie gehen mir voraus. Findest du das nicht witzig?« Und dann hast du gelacht ...

Man lässt kein defektes Küchengerät reparieren, ebenso wenig wie man eine wacklige alte Frau wieder auf die Beine bringt. Da ist nichts mehr zu machen. Ob das tatsächlich so witzig ist, möchte ich bezweifeln, aber die Entscheidung, ob die alte Frau wieder auf die Beine gebracht werden soll oder nicht, kann nur sie selbst und niemand anders treffen. Dieses Gefühl hattest du jedenfalls.

Und das Gefühl, dass bei dir nichts mehr zu machen sei, hattest du schon gehabt – tief in deinem Inneren gehabt, ohne dich selbst zu belügen –, ehe du es geltend machtest. Du hattest es sogleich erkannt, weil du damit gerechnet, dich bewusst darauf eingestellt hattest, und das Einzige, was du daran bedauert hast, war die Tatsache, dass du uns verlassen würdest, uns alle, die du liebtest.

Dieser Gedanke ließ dich manchmal melancholisch werden: »Mir tut nur weh, dass ich euch verlasse. Ich würde so gern von dort aus, wo ich dann bin, einen Zipfel des Schleiers heben, um sehen zu können, was ihr tut. Aber trotzdem fühle ich mich nicht schuldig, dass ich euch im Stich lasse. Schließlich habe auch ich genug Kummer erlebt, findest du nicht?«

Nicht schuldig, dieser Gedanke gefiel mir gut, vor allem bei jemandem, der sich wie du vom Sinn für Moral leiten ließ. Nicht schuldig uns gegenüber, was deine Entscheidung anging.

Du wolltest aus dem Leben gehen, ehe dich die Müdigkeit in Ketten legte, deine Kraft völlig erschöpft war und du »nutzlos« wurdest, ein Wort, das für dich – ebenso wie das Wort »unwürdig« oder das Wort »Müdigkeit« – eine ganz spezifische

Bedeutung hatte, eine einzigartige Definition, so wie auch du einzigartig warst.

Und uns blieb nichts anderes übrig, als dir, dir allein, die Wahl dieser völlig relativen, völlig subjektiven Definition von Müdigkeit zu überlassen, auch wenn wir dir eine andere anzubieten hatten, die weitaus milder, nicht so radikal war, eine Definition, die vor allem bewirken würde, dass du noch dabliebst und wir dich noch eine Weile behalten konnten.

Wenn ich mich recht entsinne, hast du mich in diesem Zusammenhang an eine Kurzgeschichte mit dem Titel *La blanquette de l'ancienne* erinnert, die ich vor vielen Jahren geschrieben habe. Ich erzählte darin die Geschichte des Selbstmords von F.s Großmutter, so wie er sich tatsächlich ereignet hatte.

Aber ja, du würdest diese alte Frau verstehen, die sich aus dem Fenster stürzte, weil ihr das Kalbsfrikassee misslungen war! Aber ja, das schreckliche Gefühl altersbedingter Ohnmacht könne durchaus zum Tode führen! Könne einen veranlassen, Schluss zu machen, um sich selbst und den Seinen den erniedrigenden Anblick der eigenen Unfähigkeit zu ersparen. Du hast dich ohne Schwierigkeit mit meiner Raymonde ebenso wie mit der alten Indianerin identifiziert, die sich beim ersten Schnee davonmacht, weil sie spürt, dass es Zeit ist, vom Leben und von den Seinen Abschied zu nehmen, um niemandem zur Last zu fallen ... (Nur die Brutalität dieser Tat schockierte dich. Du warst für einen sanften Tod. Du wolltest im Schlaf sterben, zogst einen Tod vor, der dem natürlichen Schlaf möglichst nahe kam.)

Ich erinnere mich noch, wie verwirrt ich bei diesem Gespräch war, verwirrt über die Tatsache, dass mein literarisches Debüt den Selbstmord einer alten Frau zum Thema gehabt hatte. So als habe für mich das Schreiben zwangsläufig mit der Frage beginnen müssen, warum und wie man stirbt, und zwar zu einem Zeitpunkt, als F. in viel zu jungen Jahren im Sterben lag und ich vermutlich deinen eigenen Entschluss heranreifen spürte und dessen Bedrohung bereits ahnte.

Du warst also schon mehr oder weniger bewusst »gegenwärtig« gewesen, als ich zu schreiben begann, wie zu der Zeit, als ich mich, umgeben von Fläschchen mit Jodtinktur oder Arnika, bemüht hatte, mein Schulheft mit Zeilen ungelenker *O* und *A* zu füllen.

Da du mich heute beim Schreiben nicht mehr begleiten kannst, scheint es mir angemessen, dass ich dir all diese Dinge, die du weißt und die du nicht weißt, schreibe. Denn für mich bleibst du in allem, was ich geschrieben habe und was ich schreiben werde, gegenwärtig …

Noch einmal zurück in die Kindheit. Ich vergieße stille Tränen. Der Schlafsaal liegt im Dunkeln. In den siebzig Betten, die so aussehen wie meins, schlafen alle. Bin ich die Einzige, die insgeheim schluchzt? Stumme Tränen nässen stärker als lautstarke Tränen: Mein Kopfkissen ist völlig durchnässt. Die Tatsache, dass ich vermutlich die Einzige bin, die weint, verstärkt meinen Kummer, meine Einsamkeit.

»Was hast du?«

Ich habe meine Nachbarin geweckt, die nicht meine beste Freundin ist. Meine beste Freundin hat ihr Bett in einer anderen Reihe, in der Nähe der Waschbecken.

»Nichts. Ich habe nichts.«

»Doch, du hast was, sonst würdest du nicht weinen!«

Ich zögere ...

»Es geht um meine Mutter ... Sie muss sterben ...«

Die Nachbarin ist mitfühlend. »So? Ist deine Mutter krank?«

»Nein, nein. Sie ist nicht krank. Es geht ihr gut.«

»Und warum weinst du dann?«

Ich zögere ...

»Sie muss sterben ... Sie muss eines Tages sterben ...«

Schweigen bei der Nachbarin. Schweigen und Verblüffung. Keine Antwort. Was sollte sie auch schon sagen? Sie dreht mir den Rücken zu, um wieder einzuschlafen. Ich verstehe sie. Aber ich schluchze noch stärker ...

Diese Szene der Verzweiflung hat sich so oft wiederholt, dass sie für mich zum Inbegriff meiner Internatsjahre geworden ist (meiner Nächte dort, denn tagsüber war ich fröhlich und eher munter). Ich habe nie größere Angst gehabt, dich zu verlieren, als ausgerechnet zu dieser Zeit, in der dein Tod höchst unwahrscheinlich war oder zumindest nichts darauf schließen ließ.

Ich nehme an, dass diese alten Ängste nicht ohne Grund in den letzten Tagen vor deinem Tod aus den Tiefen der Kindheit wieder an die Oberfläche kamen und dass sie eine gewisse Heilkraft besaßen. Ich frage mich, ob ich dadurch, dass ich diese phantasmagorischen Ängste wieder erlebte, nicht die eigentliche, diesmal sehr konkrete Angst vor deinem realen Tod verdrängte.

Ich hatte nicht ganz Unrecht, mir die Frage in dieser Form zu stellen, denn ich sollte bald feststellen, dass die Vorstellung von deinem Tod viel unerträglicher war als dein Tod selbst, das Phantasma viel erschreckender als die Wirklichkeit. Ich glaube, dass ich bei deinem wirklichen Tod weniger geweint habe als an dem Tag, da ich sah, wie du vor Müdigkeit geweint hast.

* * *

Es blieben noch etwa vierzehn Tage …

Ich hätte dich gern viel öfter besucht, als du es mir erlaubtest. Du hast dich bemüht, auf meinen Wunsch mit Vorwänden zu reagieren, denen ich mich beugte. Hast du gefürchtet, dass mich die Nähe deines Todes kopflos machen, mich überwältigen, mich unbedachte Dinge sagen oder tun lassen könne? Hast du noch immer meinen Gefühlsregungen misstraut? Du wolltest, dass ich mich genauso in der Gewalt hatte wie du dich. Ich konnte dir nur helfen, indem ich ruhig blieb.

Ich spürte, dass mir nun die letzte Prüfung meiner Lehre bevorstand. Es war wichtig, dass ich standhaft blieb. Unser stillschweigendes Abkommen lautete: Nicht schwach werden.

Wenn ich dich besuchte, um mit dir eine Kleinigkeit zu essen, wie wir es nannten, nahm die Zeit, die wir gemeinsam verlebten, kein Ende. Die Kleinigkeit dauerte bis zum Abend. Ich brachte es nicht fertig, wegzugehen, und um ehrlich zu sein, du hast mich auch nicht vor die Tür gesetzt. Was hatten wir uns nicht alles zu sagen! Unser stillschweigendes Abkommen lautete: Nicht schwach werden, aber die Gelegenheit nutzen, dass wir noch einmal zusammen waren, ohne es jedoch allzu deutlich zu zeigen und ohne dass es danach aussah.

Es war, als hätten wir uns seit langer Zeit nicht mehr gesehen, und nicht, als würden wir uns für lange Zeit nicht mehr sehen – was nicht ganz das Gleiche ist.

Begierig, das war es. Wir waren richtig begierig darauf, miteinander zu reden, über alles, über nichts, über wesentliche Dinge, auch über deinen Tod, aber sowohl von dir wie von mir, ohne Nachdruck. Dein Tod, ein wichtiges Thema neben anderen Themen, die ebenfalls wichtig waren, wie die bevorstehende Geburt eines weiteren Urenkels (den du nicht mehr sehen würdest).

Unglaublich. Es war unglaublich, dass ich diese

letzten Begegnungen mit dir so verleben konnte! So ruhig. Ich lasse die letzte, die ein wenig anders verlief, vorerst beiseite.

Ich musste meine Skepsis gegenüber dem, was ich deine Versuche, mich gegen die Angst zu impfen, genannt habe, aufgeben. Musste gestehen, dass sie wirksam waren. Hatte das Heilmittel, auf das man seine letzte Hoffnung setzt, etwa gewirkt?

Ich war überrascht über dieses Wunder. Half mir vielleicht die Tatsache, dass ich eine Frau war? Ich fragte dich: »Sind Frauen, dadurch dass sie Kinder auf die Welt bringen, besser darauf vorbereitet, mit dem Tod umzugehen?«

»Ja, da hast du Recht. Frauen kennen das, weil sie es am eigenen Leib erfahren haben. Das ist etwas, was den Männern fehlt.«

Das war eine mögliche Antwort …

Auf den Seiten, die ich nun in dem Heft entzifferte, das in schwarzen Lettern deinen Namen trägt, stieß ich oft auf das Wort »Ruhe«. Ich ließ mich von dieser Ruhe erfüllen, von ihrer besänftigenden Kraft überwältigen, so gut ich konnte, vor allem tagsüber, denn nachts überkam mich noch immer die Angst.

Dass du es geschafft hast, mich zur Ruhe zu bringen, wird wohl jeder akzeptieren und verstehen können, schwieriger dürfte es dagegen sein, die Tatsache glaubhaft zu machen, dass wir die letzten Tage, die wir gemeinsam verbrachten, auch oft in fröhlicher Stimmung verlebten.

Wenn ich es nicht selbst erlebt hätte, würde ich es nicht glauben.

Ja, wir haben oft fröhlich gelacht, während wir zusammen die Abschiedsszene probten.

Wenn jeder Pendelschlag zählt, bringt die Zeit schillernde Blüten hervor. Sie gerät in Wallung. Trotz der Ruhe erfüllt sie auch etwas Strahlendes. Alles, was man zu sagen oder zu tun hat, selbst die einfachsten Dinge wie das Aufsetzen des Teewassers werden plötzlich wesentlich, haben etwas Anmutiges, fast Glückliches. Und dass es uns gelungen war, gemeinsam bis zur letzten Lektion des Schulhefts zu kommen, machte uns beide überglücklich. Und nach so großer Anstrengung, so großem Eifer wollten wir jetzt auch die Belohnung dafür, du als Lehrerin, ich als Schülerin. Hatten wir das nicht verdient?

Das Lachen war unsere Belohnung.

Untrennbar vom Lachen: der Überfluss. Der Überfluss hat alle unsere letzten Begegnungen begleitet.

Mein Wunsch, dich zu verwöhnen, hatte etwas Fanatisches. Wenn du die Tür geöffnet hast und ich mit Bergen von Blumen und Päckchen vor dir stand, hast du nicht wie gewöhnlich protestiert: »Das ist ja heller Wahnsinn!« Nein, du hast nichts dagegen gehabt. Mit diesem Wahnsinn warst du einverstanden. Ich sorgte dafür, dass du dich hingesetzt hast, und rannte wie eine Besessene in die Küche: »Das dürfen wir uns ja wohl gönnen, oder?«

Mit glänzenden Augen und genießerischer Miene hast du es über dich ergehen lassen, bist in Entzücken geraten über die Austern oder den geräucherten Lachs.

Nachdem du dein ganzes Leben lang deinen Prinzipien, aber auch der Notwendigkeit gehorchend, sehr einfach gelebt hattest, hast du dich mit solchem Genuss über diese Dinge hergemacht, wie ich es noch nie bei dir gesehen hatte, wenn unsere »Kleinigkeiten« zu einem Festmahl wurden.

Du hattest beschlossen, es dir ganz einfach schmecken zu lassen, ohne ein schlechtes Gewissen zu haben!

Da es sich bald unter deinen Kindern herumgesprochen hatte, kam es sogar vor, dass dein tägliches Brot aus Austern bestand. Dieser Gedanke hat dich köstlich amüsiert: »Wenn ich daran denke, dass mir der Arzt Salz in jeder Form verboten hat!«, hast du mit kindlicher Begeisterung gekichert. Und was die Blumen anging – oh, die Blumen! –, darf man ohne Übertreibung sagen, dass sie dir bei diesen letzten Festessen Gesellschaft leisteten, was dich mit großer Freude erfüllte.

Du hast schon immer eine Leidenschaft für Blumen gehabt. Ich habe immer gesehen, wie du sie mit einer Aufmerksamkeit pflegtest, die an Hingabe grenzte. Ihre Schönheit tröstete dich über die Hässlichkeiten der Welt hinweg. Entzückt, aber auch voller Ernst hast du beobachtet, wie sie sich entfalteten und schließlich verwelkten, denn nichts glich dir zufolge dem menschlichen Lebensweg mehr als das empfindliche, ephemere Dasein einer Blume. Du hast es besser als ich in deinem Abschiedsbrief ausgedrückt, mit den ungekünstelten Worten, die deinen letzten Schritt begleitet haben.

Doch nun waren dir die Blumen, von denen du umgeben warst, noch wichtiger als Essen und Trinken. Sie zu betrachten, mit ihnen zu reden, sie mit den Augen oder den Fingern zu liebkosen, würde dir im entscheidenden Moment helfen, denn sie waren ein Geschenk deiner Kinder, all jener, die dich liebten. Auf diese Weise, hast du gedacht, würden wir in der Stunde des Davongehens gleichsam in deiner Nähe sein. Du hast darin eine schöne Möglichkeit gesehen, von uns feinfühlig aus der Ferne begleitet zu werden. So würdest du beim Aufbruch zur Großen Reise, beim Großen Sprung nicht ganz allein sein. »Und außerdem«, hast du scherzhaft hinzugefügt, »ist es nicht besser, wenn ich jetzt was von den Blumen habe? Jetzt kann ich mich noch an ihnen erfreuen. Oder findest du Kränze etwa sonderlich schön?«

Jetzt musste auch ich lächeln. Es ließ sich nicht leugnen, dass Tote von den Trauerkränzen nicht viel haben. Vor allem aber drückte sich in deinem dezidierten Wunsch, den Tod zu ritualisieren, etwas aus, das ich schon beim Reigen der Gegenstände und bei der Choreographie des Weitergebens im Ansatz entdeckt hatte, nämlich dein zäher Wille, die Symbolik der Trauer zeitlich umzukehren: Du wolltest schon *vorher* die Gesten vollziehen, die erst *hinterher* üblich sind. Und du hast dir, soweit es ging, gewünscht, den Moment der Trauer, den Moment des Todes *mit uns* zu leben.

An meinem Geburtstag hattest du mich selbst darauf vorbereitet, dass du an meinen künftigen Geburtstagen nicht mehr da sein würdest, indem du ein bisschen so getan hast, als seist du schon nicht mehr da, und auch die Blumen, die wir dir kurz vor deinem Tod brachten, sollten dazu dienen, dich anschließend nicht mehr zu beweinen.

Es würde also für dich keine anderen Blumen geben als die, an denen du dich selbst erfreut hattest, keine anderen Blumen als die des Lebens. Und so habe ich auf deinen lebendigen Körper die Sträuße gelegt, die für deinen Tod bestimmt waren … Habe ihn im Duft der Lilien und der Amaryllis mit dir geteilt.

* * *

Acht Tage … Alle Anzeichen stimmten überein. Es blieben nur noch acht Tage. Ich nahm U. in die Arme. Schmiegte mich an ihn: »In einer Woche habe ich keine Mutter mehr.«

»Ja, ich weiß.«

»Hilfst du mir?«

»Ja.«

U. denkt an seinen Vater, der zweiundneunzig ist wie du. Auch er wird bald sterben, aber auf natürliche Weise, wenn man das so nennen darf, an einer Krankheit, die ihm nur noch wenig Aufschub gönnt. Ein seltsamer Spiegeleffekt zwischen U. und mir: Wir sind in einem Alter, in dem die Eltern uns verlassen.

Im Spiegel der Liebe gemeinsam Waise zu werden, ist keine Kleinigkeit.

U. hat seinem Vater von deiner Entscheidung erzählt. Er versteht sie, bewundert deinen Mut. Er möchte noch leben, wegen seiner Frau. Was soll ohne ihn aus ihr werden? Das ist die einzige Sorge, die ihn quält. Dennoch hat er den Arzt gefragt, ob es nicht eine Todespille gäbe …

Du warst frei. Die Entscheidung, dir das Leben zu nehmen, stand im Zeichen der Freiheit. Einer Freiheit, die für dich als Hebamme untrennbar mit jener verbunden war, die die Entstehung des Lebens betraf. Denn du hattest, obwohl oder weil du Mütter entbandest, auch für das Recht der Frauen gekämpft, Leben zu schenken oder auch nicht.

Sich für das Leben oder für den eigenen Tod zu entscheiden, beruht auf der gleichen Forderung, auf der gleichen Logik: »Du wirst schon sehen, eines Tages bekommen wir das Recht auf einen würdigen Tod. Diesen Kampf gewinnen wir bestimmt auch noch.«

Es blieben, wie gesagt, noch etwa acht Tage, in denen U. und ich wie gewöhnlich zu verschiedenen Abendessen und Veranstaltungen eingeladen waren. Auch in dieser Hinsicht hatten wir ein stillschweigendes Abkommen getroffen: möglichst normal weiterleben. Ich sagte also zu, wenn auch unter dem Vorbehalt: »Falls uns nichts dazwischenkommt …« Es war schwierig, genauere Gründe anzugeben.

Der Gedanke an das, was ich nicht sagte, löste eine seltsame Reaktion bei mir aus: »Äh … Mittwoch, den soundsovielten … ja, warum nicht … wenn meine Mutter sich nicht an diesem Abend umbringt …« Eine ganz neue Reaktion, die ich nie erlebt, mir nie vorgestellt hatte … Das Gefühl, ich hätte eine Rolle zu spielen, der ich nicht gewachsen war, auch wenn ich den Text auswendig kannte. Ich sagte meinen Text auf, den Rollentext.

Auch du hast jetzt die Tage gezählt. Eines Morgens fragte ich dich am Telefon, wie du dich fühltest: »Weißt du, ich erlebe im Moment seltsame Dinge … Nachts denke ich anders darüber«, hast du erwidert.

»Was meinst du damit, *anders*?«

»Ich wache auf. Ich zähle die Tage. Und dann sage ich mir, so, nun ist es so weit!«

»Macht dir das Angst?«

»Nein. Ich sage mir nur, jetzt ist es so weit. Das ist alles. Außerdem denke ich schon so lange daran … Die Angst hat sich über viele Jahre verteilt, verstehst du, was ich meine?«

Ja, ich verstand. Ich verstand das sogar sehr gut, denn nach den drei Monaten, in denen du mir so viel beigebracht hattest, konnte auch ich, genau wie du, an manchen Tagen und sogar in manchen Nächten sagen, »so, nun ist es so weit …«

Meine Studenten an der Universität wurden mir noch wichtiger als sonst. Sie gaben mir Halt, ohne es zu wissen. Sie waren Teil meiner Normalität, zwangen mich dazu, dass ich die Wirklichkeit im Griff behielt. Der Unterricht ging unverändert weiter.

Im Creative-Writing-Kurs, in dem es persönlicher zugeht und wo subjektive Reaktionen durchaus erlaubt sind, nahm ich mich sehr in Acht. Ich ließ mich nicht aus den Augen. Als es darum ging, gemeinsam eine Figur für eine kurze Geschichte zu definieren, sorgte ich dafür, dass die Wahl auf eine alte Frau fiel. Ich hatte natürlich vor, sie sterben zu lassen. An jenem Tag hatte ich das Bedürfnis, über den Tod einer alten Frau zu schreiben. Als ich an der Reihe war vorzulesen, hat meine Stimme nicht gezittert. Du wärst stolz auf deine Tochter gewesen …

Die Kinder deiner Kinder wurden lebhaft ermuntert, dich zu besuchen. Sie ahnten mehr oder weniger, warum. Mein Sohn A., auf der anderen Seite des Atlantiks, wusste es, seit er abgereist war. Ihr hattet euch schon im Sommer verabschiedet. Doch er wollte noch einmal deine Stimme hören, von jenseits des Meers, weil er so fern von dir (und mir) war und sich um dich (und mich) Sorgen machte.

A. sagte mir, dass er dich angerufen habe. Er erzählte mir, dass er am Telefon geweint habe. »Ich will nicht, dass du traurig bist«, hast du zu ihm gesagt.

»Ich bin nicht traurig. Ich bin gerührt«, antwortete A. dir darauf.

»Ach so, gerührt. Das ist was anderes!« …

Was für eine geniale Unterscheidung zwischen Traurigkeit und Rührung! Das ist wirklich hohe Kunst und deiner würdig, fast so unglaublich wie dein Entschluss … Das habe ich zu dir gesagt, als ich dich am folgenden Tag besuchte. Du hast es großmütig eingeräumt. Hast auch eingeräumt, dass du viel von uns verlangtest. Ich mochte es, wenn du großmütig zugabst, dass das, was wir mit dir durchstehen mussten, nicht einfach war. Dann brauchten wir nur noch zu lächeln.

Es war an dem Tag, den ich »den Tag des Nachthemds« genannt habe. Auch heute noch kann ich ihn nicht anders bezeichnen. Und all das wegen einer Orchidee, einer lilafarbenen Orchidee. Ich hatte sie dir mitgebracht, weil ich das Gefühl hatte, sie sei für dich bestimmt. Auch du hattest dieses Gefühl.

Während wir sie bewunderten und dabei unsere Austern genossen, tauchte plötzlich die Frage nach dem Nachthemd auf. Ein unvergesslicher Dialog für eine einzigartige Szene im Theater des Lebens: »Weißt du, mein Schatz, ich bin mir noch im Zweifel über das Nachthemd.«

»…«

»Ich frage mich, welches ich tragen soll … Ich würde gern das alte geblümte Nachthemd anziehen, wenn es so weit ist. Weißt du, das mit den lila Blumen, die die gleiche Farbe haben wie deine Orchidee. Ich habe eine ganze Reihe anderer Nachthemden, die noch fast neu und sehr schön sind, aber das da mag ich am liebsten, verstehst du? Die Sache hat nur einen Haken.«

»...«

»Geh doch bitte ins Badezimmer und hol es.«

Jemand stand auf. Das war ich. Ich holte das Nachthemd aus dem Badezimmer. Drückte den flauschigen Stoff kurz ans Gesicht ... Der Geruch? Der gleiche wie der deines Halses, deiner Arme, der Geruch nach Olivenseife, nach den Bädern meiner Kindheit ...

Ich brachte dir das Nachthemd, und du hast mich gebeten, es von links anzusehen. »Siehst du, es ist überall geflickt! So oft habe ich es getragen! ... Ich habe mich einfach nicht davon trennen können ... Aber wie sieht denn das aus, wenn man mich darin findet? In einem geflickten Nachthemd! Das geht doch nicht! Was soll man denn nur von mir denken?«

Das war zu viel. Wirklich zu viel.

Ich weiß nicht mehr, wer von uns beiden angefangen hat. Auf jeden Fall haben wir wie verrückt gelacht, anders lässt sich das nicht nennen. Wie zwei Verrückte. Wir konnten uns gar nicht wieder beruhigen, denn nach dem Lachkrampf lachten wir uns über den Lachkrampf halb tot, lachten Tränen, bis wir verzweifelt nach Luft rangen.

Diese Tränen waren nicht zweideutig. Es waren keine in Freude verkleidete Verzweiflungstränen. Nein, es war ein helles, kristallklares Lachen. Ein Lachen, funkelnd wie ein Diamant.

Als wir wieder einigermaßen zur Ruhe gekommen waren, funkelte das Lachen noch immer, und ich schlug dir nicht ganz ernsthaft vor, einen Zettel mit den folgenden Worten an das Nachthemd zu heften: »Es ist ziemlich abgetragen. Das weiß ich, aber ich liebe es.« Ein Vorschlag, der um ein Haar wieder einen Lachkrampf ausgelöst hätte …

Am Tag des Nachthemds und der lila Orchidee hast du mir den Entwurf für deinen Abschiedsbrief gezeigt, den Brief, den du deinen Freunden und Angehörigen zu schicken gedachtest. »Sag mir doch bitte, ob das so geht, wenn es sein muss, kannst du ihn ja abändern.«

Ich las den Brief, der offensichtlich ganz spontan geschrieben war, ohne stilistische Effekte, und aus diesem Grund dir so ähnlich.

Ich sagte dir, dass der Brief perfekt sei (auch wenn er es nicht gewesen wäre, hätte ich kein Wort daran geändert), so wie ich es von jedem deiner Briefe hätte sagen können, und habe dir nicht gezeigt, was er in mir auslöste.

Die Tatsache, dass du mir deinen Abschiedsbrief, der deinen Schritt rechtfertigte, vor deinem Tod gezeigt hast, war für dich Teil des Rituals, der Initiation.

Am Tag des Nachthemds sprachen wir über meinen nächsten Besuch. Ich ahnte bereits, dass du sagen würdest, was du dann auch gesagt hast: »Es ist das letzte Mal, mein Schatz …«

Ich hatte es geahnt, nicht zuletzt wegen des Lachkrampfs.

»Sehe ich dich danach nicht wieder?«

»Nein. Dann muss ich allein bleiben.«

Habe ich geträumt oder habe ich tatsächlich gespürt, wie sehr es dich rührte, diese Worte sagen zu müssen?

»Aber anrufen darf ich dich doch?«

»Ja, das darfst du.«

»Sooft ich will?«

»Sooft du willst.«

»Bis ... *(Ich zögerte.)* ... bis zum Schluss?«

»Ja. Bis zum Schluss.«

* * *

Ich habe wirklich geglaubt, die Angst käme wieder, feuchtwarm wie nie zuvor.

Ich dachte: Kann es sein, dass die ganze Arbeit, die ich unter deiner Anleitung mit Hilfe des Schulhefts geleistet habe, umsonst gewesen ist?

Ich fragte mich, ob die Tatsache, dass ich mich so gewissenhaft auf deinen Tod vorbereitet hatte, sich nicht gegen mich wenden würde. Ob ich dadurch nicht paradoxerweise hilfloser dastehen würde als jede andere Tochter. Ob meine relative Ruhe nicht Einbildung war oder eine Illusion. Ob du mir zu Recht vertrautest. Ich war im Zweifel.

Ich begann mir den letzten Besuch in der Phantasie auszumalen. Alles: die Gesten. Die Worte. Die Blicke. Die Tür, die sich öffnet. Die Tür, die sich hinter mir schließt. Meine Ankunft, mein Fortgehen, die Worte, die ich zu sagen hätte. Wie soll ich es sagen? Was soll ich sagen? Die letzten Worte.

Was würden die letzten Worte sein, und der letzte Kuss? Wo, wann und wie, der letzte Kuss? Wie auch immer ich mir die Szene vorstellte, sie tat mir zutiefst weh.

Generalprobe. Kostümprobe. Mein Text? Welchen Text hatte ich zu sagen? Den Text für die Rolle der Tochter, die ihre Mutter zum letzten Mal sieht? Was sagt die Tochter zu ihrer Mutter? Was sollte ich dir sagen? Und du? Kanntest du deinen Text? Hattest du ihn vorbereitet, den Text der Mutter, die ihre Tochter zum letzten Mal sieht? Hattest du ihn auswendig gelernt? Was würdest du zu mir sagen?

Ich ging mit großen Schritten im Schlafzimmer auf und ab. Ich setzte mich vor das Foto, das Foto vom Garten am Meer. Du und ich. Wir beide. Die Schaukel in vollkommenem Gleichgewicht über dem hohen Gras, über dem Unbekannten …

Hältst du mich auch gut fest?

Aber sicher, ich halte dich fest!

Als du mir die Tür aufgemacht hast, wurde schlagartig alles anders: Meine Phantasie ging nicht mehr mit mir durch, ließ mir nicht mehr das Blut in den Adern erstarren. Ich fühlte mich vom warmen Mantel der Wirklichkeit eingehüllt. Als du mir die Tür aufgemacht hast, war alle Angst vergessen, denn du standst in deinem blauen Trainingsanzug vor mir und hast gestrahlt.

Der blaue Trainingsanzug, den du im Haus trugst, wenn du nicht rausgingst. Denn du würdest nicht mehr rausgehen. Abgetragen – wie das geblümte lila Nachthemd. Dieser sportliche Anzug stand, wie ich immer empfunden hatte, in seltsamem Gegensatz zu deinem gebeugten, verbrauchten Körper. Ich liebte dich in deinem blauen Trainingsanzug.

Als sich die Tür beim letzten Besuch vor mir öffnete, habe ich dir nicht gesagt, wie glücklich ich war, dass du diesen Anzug trugst.

Blau war deine Lieblingsfarbe: das Blau des Himmels, der Gelassenheit, das Blau, das mich zu meiner *Dame in Blau* angeregt hat, jener Fabel, in der ich die Hektik unserer Gesellschaft angeprangert habe und zu der auch du (das habe ich dir gesagt) mich inspiriert hast, und zwar eines Tages, als ich dich voller Überdruss über die Gewalt der Welt und den täglichen Kampf ums Dasein wie in einer Vision vor mir sah: Von einem blauen Nimbus umgeben, schienst du nach deinem bewegten Leben endlich zur Ruhe gekommen zu sein und den Frieden des Alters genießen zu dürfen. An jenem Tag habe ich dich darum beneidet, dass du den Weg zu Ende gegangen warst und das Leben hinter dir hattest, und während der kurzen Dauer dieser Vision habe ich mir gewünscht, selbst eine alte Dame in Blau zu sein …

Der letzte Besuch vor deinem Tod war der lebendigste von allen. Es ist uns gelungen – bis zu dem Augenblick, da wir uns trennten –, diese gemeinsamen Stunden in etwas unendlich Fröhliches zu verwandeln.

Du hattest, wie ich schnell begriff, den Wunsch,

dass dieser Besuch genauso sein sollte wie all die anderen seit so vielen Jahren. Er durfte auf keinen Fall anders sein. Doch er entsprach überhaupt nicht dem, was ich mir vorgestellt hatte. Erneut musste ich feststellen, wie einfach doch die Wirklichkeit ist, und ich habe mich an ihrer Schönheit erfreut, so gut ich konnte.

Wir genossen diesen Tag auf jede erdenkliche Art, erprobten alle Varianten. Erlebten im Zeitraffer alle Mutter-Tochter-Haltungen unserer Geschichte noch einmal, als müssten sie zu diesem letzten Besuch führen, zu dieser natürlichen Abschiedsszene.

Und dennoch taten wir nicht so, als hätten wir vergessen, weshalb wir zusammen waren. Deine Vorbereitungen auf den Tod waren gegenwärtiger denn je und die Lektion des Tages ohne Zugeständnisse.

Ich hatte mehrfach das Gefühl, ich selbst und zugleich jemand anderes zu sein, ohne dass ich mir zu viele Fragen stellte. Heute nehme ich an, dass mein anderes Ich mich manchmal abgelöst hat. Und um das durchzustehen, was wir durchzustehen hatten, waren wir zu zweit – die andere und ich – besser gewappnet.

Das Mittagessen war ... Ich finde kein Adjektiv, um es zu beschreiben.

Du hattest sonst, wie du immer sagtest, ohne Appetit, eher aus Pflicht gegessen, doch jetzt durfte ich mit ansehen, wie du dir jede Auster mit sichtlichem Genuss schmecken ließt. Du hast dich sogar für deine Begeisterung entschuldigt. Es war, als tränkst du am Ursprung aller Ozeane dieser Welt, die du bald verlassen würdest, um ihr für ihre Meeresgaben zu danken.

Ich konnte mich nicht von diesem Anblick lösen. Irgendwann versank ich in die Betrachtung deines Gesichts und deiner Hände, studierte diese vertraute Landschaft, deren tragische Verwandlung ich Schritt für Schritt verfolgt hatte. Ich betrachtete dich stumm. Machte eine Bestandsaufnahme. Ich wollte mir für immer ins Gedächtnis einprägen, was ich nie wieder sehen würde, wollte mich bis an mein Lebensende mit der Erinnerung an dich versorgen, bis in die geringste Einzelheit, wollte jeden Ausdruck, jede Spur, die das Leben auf diesem verbrauchten, stolzen Körper hinterlassen hatte, gleichsam fotografisch festhalten.

Du hast deine Austern geschlürft. Und ich verschlang dich mit den Augen, mit dem gleichen sichtlichen Genuss. Ich verlor mich in der Betrachtung deiner Schönheit.

Plötzlich hast du meinen verwirrten, durchdringenden Blick gespürt, der mich schließlich wohl ein wenig melancholisch gemacht hatte. Und da hast du mir dann die extravagante Frage gestellt: »Was ist los, mein Schatz, stimmt irgendwas nicht?«

Die Frage fand ich weniger extravagant als den Ton, in dem du sie mir stelltest. Was ist, mein Schatz, tut dir irgendwas weh? Hat dir jemand was getan? Hast du Kummer?

Die treuherzige Frage einer Mutter, die deutlich merkt, dass ihre Tochter ein Problem hat.

Ein Problem hatte ich allerdings, sogar ein ziemlich großes.

Meine Antwort kam, glaube ich, ebenso spontan wie deine Frage. Meine Antwort war ganz einfach (ebenso einfach wie der Satz, mit dem du uns deinen Tod angekündigt hattest), ohne viel Herumgerede, aber auch ohne Aggressivität: »Nein, nein«, antwortete ich lächelnd, »ich hab nichts, fast gar nichts, außer dass du dir nächste Woche das Leben nimmst und ich dich heute zum letzten Mal sehe.«

Das Unglaubliche daran war, dass du offensichtlich nicht mit dieser Antwort gerechnet hattest, und das Verrückte, dass du während des Mittagessens, das für uns beide ein Moment des Glücks war, dieses nichts, dieses »fast gar nichts«, das mich ein wenig melancholisch stimmte, möglicherweise vergessen hattest.

Die Zeit blieb für einen Augenblick stehen. Leichte Unschlüssigkeit angesichts dieser ungeheuren Antwort.

Und dann platzten wir natürlich beide los. Für mich war es nicht ganz das gleiche Lachen wie bei dem Nachthemd. Es war anders. Und auch ein wenig melancholisch.

Du hattest darauf bestanden, zum Nachtisch Milchreis zu kochen. Für diesen Nachtisch, diesen Milchreis, der mich schlagartig in meine Kindheit versetzte, hattest du dich wohl bewusst entschieden …

Beim Milchreis tauschten wir die Rollen: Ich habe ihn gegessen und du hast mir zugeschaut. Du hast deine Tochter betrachtet, die sich deinen Milchreis schmecken ließ, und dabei war dir klar, dass du diesen Anblick, den du Hunderte von Malen erlebt hattest, nie wieder erleben würdest.

Wenn ich daran zurückdenke, sage ich mir, dass wir diesen Rollentausch, dieses Sich-gegenseitig-Abwechseln, erfunden haben.

Am Nachmittag drückte ich noch einmal die Schulbank, wenn ich das so nennen darf.

Die Lektion jenes Tages, jenes letzten gemeinsam verbrachten Tages, war nicht die leichteste. Dennoch ist mir nur ihre spielerische Seite in Erinnerung geblieben.

Ich hatte, als ich ankam, gleich die Kartons voller Umschläge neben dem Esszimmertisch entdeckt. Es waren die Abschiedsbriefe. Insgesamt über zweihundert. Der Brief, der für mich bestimmt war, war auch dabei. Ich habe ihn gesehen. Ich hätte ihn öffnen können, wenn ich gewollt hätte …

Gut zwei Stunden lang überprüften und berichtigten wir gemeinsam die Adressen dieser etwas ungewöhnlichen Briefe, die deinem Wunsch zufolge an deinem Todestag oder am Tag darauf abgeschickt werden sollten.

Bereitwillig diktierte ich dir ein paar Adressen, die du in deiner schönen, schrägen Handschrift hinschriebst. Ich las sie dir langsam und deutlich vor, als sei nun ich die Lehrerin und du die fleißige Schülerin.

Diese Situation, in der wir wieder einmal die Rollen getauscht hatten, brachte uns wohl zum Lachen und sorgte dafür, dass sich diese etwas surrealistische Arbeit in ein äußerst witziges Spiel verwandelte, das jemandem, der es nicht miterlebt hat, unverständlich oder gar unangebracht erscheinen mag.

Ab und zu hast du kichernd innegehalten: »Was haben wir oft gelacht, bis zum letzten Tag, hm?« Die Erwähnung des letzten Tags erinnerte mich wieder daran, wie wenig Zeit uns noch blieb. Was haben wir oft gelacht … Ja, das haben wir, bis kurz vor deinem Tod, der plötzlich wieder unabwendbar vor mir stand. Dieser Gedanke schnürte mir das Herz zusammen …

Ich dachte: Außer meiner Mutter kenne ich niemanden, der sich selbst um das Verschicken der Trauerbriefe für den eigenen Tod gekümmert hat.

Da waren wir also wieder bei deiner Methode: Du wolltest mich gemeinsam mit dir das erleben lassen, was man normalerweise erst hinterher tut. Das Trauerritual vorwegnehmen.

Es wurde wieder einmal deutlich, dass du keine Feierlichkeiten *post mortem* wolltest. Aber um sie vorher zu erleben, musstest du mich in eine ganz andere Form der Trauer, in eine besondere Denkweise, einweihen, ein philosophisches Kapitel mit mir durchnehmen, das etwas Sokratisches hatte. Aber war nicht auch Sokrates' Mutter Hebamme gewesen?

Ich lernte den Tod auf andere Weise kennen, in einer mir unbekannten, aber letztlich vertrauten Sprache. Einer neuen Muttersprache in gewisser Weise, der Sprache einer Mutter, die davongeht …

Doch der Zeitpunkt, an dem wir uns trennen mussten, rückte immer näher.

Du hast mich gebeten, dir deine Abendzeitung zu holen, wie ich es jedes Mal tat. Und wie bei jedem Mal hast du darauf bestanden, dass ich das Geld nahm, das für diesen Zweck auf der Anrichte lag.

Auf der Anrichte lagen mehrere Häufchen Kleingeld, damit derjenige, der an den folgenden Tagen diese Aufgabe übernehmen würde, die Zeitung bezahlen konnte.

Hätte ich die Häufchen gezählt, dann hätte ich festgestellt, dass sie nicht für die ganze Woche reichten, und dabei herausgefunden, an welchem Tag du dir das Leben nehmen wolltest … Jemand anders sollte zählen. Jemand anders sollte es herausfinden und mir sagen.

Draußen war es kalt und düster. Es dauerte nicht länger als fünf Minuten, um die Zeitung zu kaufen. Das war die Zeit, die mir blieb, um mich vorzubereiten. Etwas vorzubereiten. Vorzubereiten?

Noch einmal malte ich mir die letzten Gesten aus, die Blicke und Worte, die ich zu tun oder zu sagen hatte.

Als ich am Supermarkt vorbeiging, erinnerte ich mich wieder an die Nacht, in der du ein paar Jahre zuvor bei ebensolcher Kälte im Namen eines Kampfes, den du damals führtest, einen Aufruf auf die Schaufenster des Geschäfts gesprayt hattest. Ich konnte nicht umhin, der unwürdigen Greisin, die so wütend und undiszipliniert sein konnte, ein Lächeln zu schenken. Sogar bei deinem Tod wolltest du dich keiner Disziplin beugen, nahmst keine Rücksicht auf die herrschenden Sitten und Gebräuche.

Die Zeitungsverkäuferin erkannte mich. Ich hätte fast zu ihr gesagt: »Heute komme ich zum letzten Mal, um die Zeitung für meine Mutter zu kaufen.«

Auf dem Rückweg kamen mir die letzten Worte hohl, die letzten Gesten zu theatralisch vor …

Als ich die Wohnung betrat, hast du im Sessel vor dem Esszimmertisch gesessen. Nachdenklich hast du auf mich gewartet. Ich reichte dir die Zeitung.

Jetzt war der gefürchtete Augenblick da.

Ich stand vor dir.

Ich hatte alles vergessen. Was ich sagen wollte. Was ich tun wollte.

Alles war mir entfallen, der Text der Abschiedsszene, die Gesten der Abschiedsszene.

Weil nichts mehr passte.

Ich konnte mir nicht mehr vorstellen, dass ich mich dir zu Füßen warf, den Kopf auf deinen Schoß legte, dir sagte, wie sehr ich dich liebte, so wie es in Büchern oder im Theater üblich ist. Wir hatten die große Abschiedsszene nicht geprobt. Sie stand nicht in dem Heft, das deinen Namen trägt, und die aufsteigenden Tränen erst recht nicht.

Von Tränen war in der letzten Lektion nicht die Rede.

Ich spürte, dass wir in Gefahr waren, wie beim Telefongespräch an meinem Geburtstag. Das Gleichgewicht war bedroht. Wir wurden wankend. Die Schaukel schwankte. Da hast du mit schwacher, fast klagender Stimme gesagt: »Wein jetzt nicht, sonst muss auch ich weinen, dann höre ich nicht mehr auf zu weinen.«

Zum ersten Mal während dieser drei Monate flößte dir deine Rührung Angst ein. Du hast um deine Kraft, um deinen Mut gefürchtet. Das »Weine nicht« bezog sich nicht nur auf meine Tränen, die Tränen der Tochter. Es bezog sich diesmal vor allem auf deine Tränen, die der Mutter, die heute ihre Tochter fortgehen sah. Schnell die Tränen herunterschlucken. Sofort.

Ich stand noch immer vor dir. Trat schwankend von einem Fuß auf den anderen, ohne dass ich etwas anderes tun konnte, als zu schwanken, wie Verrückte es manchmal tun, wenn ihnen von Schmerzen gepeinigt die Worte fehlen.

Ich dachte: So, jetzt musst du gehen. Ganz einfach. Du küsst sie und gehst.

Ich ging auf dich zu. Beugte mich hinab. In Zeitlupe.

Ich erinnere mich nicht mehr an den Kuss. Ich weiß, dass wir uns geküsst haben. Das ist alles.

Und plötzlich stand ich auf der Treppe und hielt

ein weißes Porzellanschälchen mit dem Rest des Milchreises in der Hand. Bist du denn aufgestanden, um es mir zu geben?

Ehe sich die Tür hinter mir schloss, habe ich diesmal nicht den Satz gehört: »Du kannst unbesorgt fahren, es ist noch nicht so weit.«

Es war so weit.

* * *

An jenem Abend rief ich dich nicht an. Was hätte ich dir schon sagen sollen? Dass ich natürlich beim Hinabgehen auf der Treppe all die Tränen vergoss, die ich zuvor hinuntergeschluckt hatte? Und um dich was zu fragen? Ob auch du geweint hattest, sobald du die Tür hinter mir geschlossen hattest?

Nein, das Telefon, unser letztes Band während der verbleibenden Tage, sollte etwas anderem dienen. Du hattest mir bestimmt nicht das Recht gegeben, dich so oft anzurufen, wie ich wollte, damit ich mich beklagte.

An jenem Samstag gingen U. und ich ins Theater. Ich glaube, ich tat es vor allem deshalb, um dir am nächsten Morgen erzählen zu können, dass ich im Theater war, und um zu hören, wie du zu mir sagtest: »Das ist gut, mein Schatz.«

Nachts schreckte ich aus dem Schlaf hoch: Ich hatte dich nicht richtig geküsst! Ich hatte dich nicht lange genug umarmt! Ich hatte dich nicht genügend betrachtet! Hatte ich genug von diesen Gefühlen bewahrt, damit sie bis zu meinem Lebensende reichten? Nein! Nicht genug! Nie genug! Nicht genug Vorräte! Ich wusste nicht einmal mehr genau, welche Farbe deine Augen hatten!

Ich beschloss, dir ein weiteres Treffen abzuringen, einen weiteren letzten Besuch, und schlief über dieser Hoffnung ein …

Du hast mich geweckt: »Na, mein Mäuschen, schläfst du noch?«

Eine zärtliche Stimme. Eine lebendige Stimme. Und dieser sanfte, kindliche Kosename, den ich nur aus deinem Mund kannte. Die Mutter, die das Kind weckt. Geweckt werden wie in der Kindheit. Erwecken der Kindheit. Eine klare fröhliche Stimme. Deine Stimme! Mir blieb noch deine Stimme, um durchzuhalten und natürlich um festgehalten zu werden. Ich konnte mich noch an deine Stimme klammern.

Ich fand, dass der Gedanke dich wiederzusehen, der mir nachts durch den Kopf gegangen war, keinen Sinn hatte. Wenn ich dich wiedersähe, würde ich dich noch unzählige Male wiedersehen wollen …

Ich habe dir erzählt, dass wir im Theater waren, und du hast gesagt: »Das ist gut, mein Schatz.« Ich nutzte die Gelegenheit, um dir zu gestehen, dass ich schlecht geschlafen hatte. »Das ist nicht gut«, hast du gesagt. »Das verbiete ich dir.«

Du würdest bald sterben und du hast mir verboten, schlecht zu schlafen … Darüber musste ich lachen, und auch du hast schließlich gelacht, immerhin.

Wir telefonierten fast eine Dreiviertelstunde. Ich hatte die Absicht, die Möglichkeit mit dir zu telefonieren schamlos auszunutzen. Sooft ich wollte. Sooft du wolltest.

Wir setzten die Arbeit mit den Trauerbriefen fort, auch diesmal in beschwingtem Ton, und beendeten das Gespräch fast fröhlich.

Du hast mich kurz darauf wieder angerufen, du warst traurig: Du hattest die lila Orchidee für die Nacht auf den kühlen Balkon gestellt und sie gerade in schlechter Verfassung wiedergefunden. »Sie hat unter der Kälte gelitten …«

»Sie wird sich schon erholen«, versprach ich, ohne recht daran zu glauben.

»Nein. Das glaube ich nicht …«

Ich spürte, dass auch du in schlechter Verfassung warst. Die Orchidee, das warst du, und die Kälte …

»Ich bin todmüde.«

Ich hatte also Recht. Nein, die lila Orchidee würde sich nicht wieder erholen.

Deine Müdigkeit hat dich noch einmal fast zum Weinen gebracht. Die Müdigkeit, die unwürdige Müdigkeit, dein Erzfeind.

»Ja, ich weiß«, antwortete ich.

Ich wusste, dass du ein Mittel gegen die Unwürdigkeit der Müdigkeit kanntest und dass du es bald, sehr bald nehmen würdest …

Ja, wir haben die Möglichkeit, miteinander zu telefonieren, ausgenutzt, schamlos ausgenutzt. Das war im Übrigen nicht neu.

Schon seit Jahren hatten wir die unmäßige Angewohnheit, uns täglich anzurufen. Wir mussten miteinander reden. Ich hatte das Bedürfnis, deine Stimme zu hören. Lust, diese Musik im Ohr zu haben.

Manchmal hat dich das sogar ein wenig beunruhigt, so dass du mich gebeten hast, dich nicht so oft anzurufen, »denn«, wie du nachdrücklich sagtest, »eines Tages bin ich nicht mehr da«. Du wolltest, dass ich mich von dir löste, dass ich lernte, ohne diese Musik zu leben. Dann gab ich mir Mühe. Ich hielt mich zurück und rief dich nicht mehr an, doch nach ein paar Tagen hast du schließlich den Pakt gebrochen und voller Protest gesagt: »Sag mal, hast du mich vergessen, oder was ist los?« Ich schloss daraus, dass du von der gleichen köstlichen Krankheit befallen warst …

Je älter du wurdest, desto wichtiger wurden mir unsere Telefongespräche, denn mir war es mit der Zeit fast lieber, dich zu hören, als dich zu sehen, vor allem wenn es mir nicht mehr gelang, deine unverkennbare Stimme, die noch immer einer jungen Frau, einer jungen Mutter zu gehören schien, mit deiner Hinfälligkeit in Einklang zu bringen.

Das grausame Werk des Alters hatte deiner Stimme nichts anhaben können. Nur sie war heil und unverändert geblieben. Weißt du übrigens, dass dein Telefon heute bei mir zu Hause steht? Ich habe es behalten. Ein Hauch von deiner Stimme ist noch darin …

Aber im Augenblick ging es um etwas anderes.

Da es unmöglich war, dich zu sehen, war es mir noch wichtiger, dich zu hören. Dich zu hören bedeutete für mich, dich zu sehen. Dank deiner Stimme würde ich die Farbe deiner Augen und den Geruch nach Olivenseife deines Nachthemds wiederfinden. Du warst durch deine Stimme gegenwärtig und lebendig.

Montag. Die Stimme am Montag war fröhlich. Du hattest zu viel zu tun. Hattest den Eindruck, ganz durcheinander zu sein. Unsystematisch vorzugehen. Du hast befürchtet, du würdest nicht rechtzeitig fertig sein. Und ich beruhigte dich, versprach dir, dass alles in Ordnung sei, dass alles gut gehen werde, dass du rechtzeitig fertig sein würdest.

»Und die Orchidee?«, fragte ich.

»Sie hat Mühe, sich gerade zu halten!«

»Ein bisschen wie du, nicht?«

Lachen …

Das Nahen des entscheidenden Tages regte dich jetzt an, putschte dich auf. Ich konnte es kaum fassen, wenn ich hörte, wie lebendig du warst. Du warst zu lebendig. Das war's.

Bei F. war es anders gewesen, er hatte im Sterben gelegen. Sein Tod war vorhersehbar, war seinem kranken Körper schon anzusehen.

Ich dachte: Ich habe Angst, dass dein Tod eine noch tiefere Wunde aufreißt, weil du zu lebendig bist.

»Wir können doch telefonieren, nicht wahr, Mama?«

»Ja, sooft du willst.«

Jedes Mal, wenn ich dich anrief, waren wir guter Dinge. Sobald ich auflegte, war ich verzweifelt. Das habe ich dir nicht gesagt. Ich habe dir nicht alles gesagt.

Nachts musste ich an die schwarze Armbinde denken, die man früher trug, wenn man einen Angehörigen verloren hatte. Ich bedauerte, dass dieses äußere Zeichen der Trauer nicht mehr üblich ist. Heute wird der Schmerz der Trauer nicht mehr mit anderen Menschen geteilt. Er wird verheimlicht, ist gewissermaßen tabu. Jeder muss selbst damit fertig werden.

Ehe du uns verlassen hast, habe ich das Geheimnis deines baldigen Todes mit mir herumgetragen. Aber anschließend trug ich doch eine Armbinde – auf meine Art. Eine Art, die dir gefallen hätte, denn du sahst ja, wie auch ich, in manchen Dingen ein Zeichen. Das muss ich dir erzählen.

Dir erzählen, dass ich zwei Wochen nach deinem Tod, genau zu der Uhrzeit, da du dir das Leben genommen hast, auf der Straße gestürzt bin, und zwar vor einem Süßwarenladen, für den ich eine Schwäche habe und dessen Firmenschild mich trotz der Schmerzen zum Lachen brachte: *La mère de famille*. Ja, ich bin vor der *Familienmutter* hingefallen! ... Die Schiene an meiner rechten Hand nannte ich »meinen weißen Trauerflor«. Hätte ich sie anders nennen können?

Einen Monat lang trug ich sie ostentativ. Man lächelte mir auf der Straße zu. Man behandelte mich wie einen zerbrechlichen Gegenstand. Man glaubte, ich sei verletzt. Es war viel mehr. Meine verbundene Hand war für mich, für mich allein, das Zeichen deiner unabänderlichen Abwesenheit. War es nicht auch die Hand, an der du mich zu deinem Tod geführt hast? …

Dienstag. Noch nie habe ich meine Lehrtätigkeit so geliebt wie an jenem Tag. Ehe ich aus dem Haus ging, wollte ich dir nur kurz durchs Telefon einen Kuss geben. Draußen war es so schön! Und deine Stimme: Auch sie war schön, entschlossen, fast glücklich.

»Ja, ich habe den Mut. Ihr gebt mir den Mut, solange ihr selbst welchen habt, Kinder. Nur wenn ihr keinen mehr habt, verliere auch ich ihn.«

»Wir haben Mut, Mama, wir haben ihn.«

»Das ist gut.«

Hatten wir ihn? Wie sollte ich wissen, ob ich Mut hatte?

Vor dem Badezimmerspiegel überraschte ich mich dabei, wie ich eine Melodie summte. Ich schämte mich nicht dafür. Plötzlich fand ich die Ruhe meiner Mutter, die sich auf ihren Tod vorbereitete, ganz normal, ganz einfach, ganz undramatisch, ganz richtig, ganz vollkommen.

Meine Studenten warteten auf mich, aßen noch schnell ihr Sandwich auf. Ich freute mich über ihren Appetit und ihren fröhlichen Lärm, ehe ich hinter dem Pult Platz nahm. Ihnen verdanke ich es, dass ich den ganzen Tag durchgehalten habe. Sie haben nichts gemerkt. Nichts gespürt.

Am Ende des Creative-Writing-Kurses bedankte

sich eine Studentin auf der Treppe bei mir. Ich sagte ihr darauf: »Ich muss Ihnen danken. Sie haben mir heute sehr geholfen!« Sie sah mich verständnislos an. Sie würde es später verstehen ...

Ich ging in meine Apotheke und sagte: »Also, ich ... ich habe im Moment großen Kummer. Ich weine viel. Haben Sie nicht irgendetwas für die Augen, irgendetwas, das eine besänftigende Wirkung hat?«

Man bot mir eine Halbmaske in venezianischem Stil aus Plastik an, die mit einem speziellen blauen Gel gefüllt war. Die Maske musste ein paar Stunden im Kühlschrank gekühlt werden, ehe man sie auf die Augen legte. Ich nannte sie die »Maske des Kummers«. Der Gipfel der Kultur, diese blaue Maske, für einen ziemlich düsteren Karneval ...

Mittwoch. Ich erfuhr, dass auf der Anrichte kein Geld mehr, kein Häufchen Kleingeld mehr für deine Zeitung lag. Und dann der Anruf: »Bist du morgen zu Hause, mein Schatz?«

»Ja, Mama.«

»Den ganzen Tag? Gehst du nicht aus dem Haus?«

»Nein, ich bin den ganzen Tag da. Auch abends. Ich gehe nicht aus dem Haus. Ich bleibe da.«

Morgen war es also so weit.

Ein Schwindel erregender Anruf. Schon wieder quälte mich der Zweifel. Das Einzige, woran ich nicht zweifelte, war mein Entschluss, bis zum Ende in deiner Nähe zu bleiben – verbunden durch die Stimme, unser inniges Band. Ich zweifelte nicht. Wegen des Hefts. Wegen der Lehre. Der drei Monate, die wir gemeinsam damit verbracht hatten, die Seiten umzublättern. Des Wegs, den wir gemeinsam zurückgelegt hatten, du und ich. Wegen der geleisteten Arbeit.

Würde mir die geleistete Arbeit am letzten Schultag helfen?

Das Schicksal wollte es, dass U. und ich an jenem Mittwochabend zu einer Feier zum Gedenken an eine verstorbene gute Freundin eingeladen waren. Ehe wir aus dem Haus gingen, sahen U. und ich uns an, und ich sagte zu ihm: »In vierundzwanzig Stunden habe ich keine Mutter mehr.«

»Ja, ich weiß.«

»Hilfst du mir?«

»Ja.«

Die Feier zu Ehren der Freundin war für mich sehr seltsam. Wie ihre erwachsenen Kinder fühlte auch ich mich bereits als Waise.

In der Nacht lauschte ich den langsamen, unerbittlichen Pendelschlägen deiner Lebensuhr.

* * *

Donnerstag. Da waren wir also.

Heute ging der Wettlauf zu Ende.

Am 5. Dezember war es so weit.

Auf dieser Seite würde dein Tod im Kalender vermerkt werden.

Sooft ich wollte, sooft du wolltest, riefen wir uns

an diesem Donnerstag an. Wir haben noch einmal über die Orchidee gesprochen: »Weißt du, mein Schatz, deine Orchidee hat ihre wunderbare Farbe behalten, sie weint nur einfach.«

»Ja. Natürlich. Es ist normal, dass sie weint, Mama …«

Wir blätterten noch ein paar Seiten des Hefts durch, des Hefts, das mich dank der Lektionen, dank der Lektion, dahin gebracht hat, wo ich heute bin.

Wir sprachen nicht über meine Zweifel und meine Ängste.

Wir blätterten die Seiten über das Lachen durch, über all das Lachen.

Du hast mir versprochen, dass es mir danach gut gehen werde.

Du schienst der Ansicht zu sein, dass die Trauer um dich beendet war, dass wir die Trauer gemeinsam beendet hatten.

Ich wusste noch nicht, dass du Recht hattest. Denn du hattest Recht. In wenigen Stunden würde ich es wissen, bald, sehr bald.

Du hast dir gewünscht, dass ich ruhig war, so wie du.

»Wie geht es dir, Mama? Wie fühlst du dich?«

»Ich fühle mich gut. Ich gehe in Frieden.«

Innige Worte. Zärtliche Worte.

Ich nutzte noch einmal die Gelegenheit, deine Stimme zu hören, die Musik in meinen Ohren war. Diese Stimme einer unbeugsamen Mutter, die sich zwingt, im Namen der Würde davonzugehen. Diese Stimme einer liebevollen Mutter, die denen, die sie liebt und weil sie sie liebt, das Bild ihres Verfalls ersparen will.

U. ist an diesem Donnerstag Sekunde für Sekunde in meiner Nähe, an mich geschmiegt, um mich vor der geringsten Schwäche zu bewahren, vor möglichen Fußtritten, möglichen Faustschlägen. U., mein Halt.

Auch meine Nichte Fa. und Y., die Freundin, sind da, taktvoll und diskret.

Augenblicke ohne Worte, Augenblicke mit Worten.

Es ist keine Standuhr im Haus, und dennoch diese regelmäßigen Pendelschläge in meinem Kopf, in unseren Köpfen.

Im Kamin brennt ein Feuer gegen die Kälte, die Kälte des Todes, der sich nähert. Auf dem Tisch eine Kanne Tee und eine Flasche Bordeaux.

Es gab Augenblicke mit Tränen und Augenblicke ohne Tränen.

Die blaue Maske des Kummers bedeckte meine Augen, als es Abend wurde.

Du hattest versprochen, mich noch ein letztes Mal anzurufen, ehe du davongehen würdest.

Wir warteten also.

Ich dachte: Zu anderen Zeiten, in einer Gesellschaft, die die Größe besitzt, anders mit dem Tod umzugehen, hätte ich bei dir sein können, wirklich an deiner Seite, nicht nur in Gedanken. Ich hätte deine Hand gehalten und dir einen Abschiedskuss auf die Stirn gedrückt …

Und dann dein Anruf, der nicht kommt. Das Gefühl, dass er nicht mehr kommt. Und die Phantasie, die verrückt spielt. Und der Eindruck, einen Pendelschlag zu hören, der lauter ist als die anderen. Die Gewissheit, dass es jetzt so weit ist. In diesem Augenblick.

Du hast nicht angerufen, aber jetzt ist es so weit. In diesem Augenblick.

U. und ich im Schlafzimmer, eng aneinander geschmiegt.

Da ist das Grauen, und dann die Angst, es nicht zu überleben. Der Körper, der sich auflöst. Die Beine, die sich entziehen. Die Arme, die einander suchen. Die gemarterte Vernunft. Unsere stummen Schreie im Schlafzimmer, die lauter sind als alle Schreie.

Ich klammere mich an U.s Arme, meine Vernunft, meine Stärke, sage zu ihm: »Hältst du mich fest?«

»Ja, ich halte dich fest.«

Sehr lange. Bis sich deine Augen schließen. Bis wir glauben, dass sie sich geschlossen haben …

Anschließend das knisternde Feuer und unsere zitternden vier Gläser, die im Gedenken an dich erhoben werden.

Man schwört mir, dass du schläfst, dass du ruhig schläfst, ohne zu leiden. Dass es vorbei ist.

Und ich, taumelnd, vom Gefühl der Unwirklichkeit erfüllt, zum ersten Mal ohne Mutter …

Und plötzlich das schrille Klingeln des Telefons,

das uns zusammenzucken lässt: »Hier ist Mama«, sagt die Stimme, die aus einer anderen Welt zu kommen scheint.

Wir sind wie versteinert, ungläubig: »Mama! …«

»Ja. Entschuldige, mein Schatz, aber ich bin aufgehalten worden … Ein unerwarteter Besuch, der lange gedauert hat … Meine Nachbarin … mit einem Stück Kuchen … vom Geburtstag ihrer Tochter …«

»Mama …«

»So, nun habe ich Ruhe. Ich bin so weit. Alles ist so weit. Jetzt gehe ich unter die Dusche.«

Ich wiederholte jedes Wort, das du gesagt hattest: »Du gehst jetzt unter die Dusche. Ist das richtig?«

»Ja, das ist richtig. Verstehst du?«

»Ja, Ich verstehe … Mama, ich liebe dich.«

»Ich liebe dich auch.«

Ich konnte noch nicht auflegen.

Daher fügte ich hinzu: »Ich bete dich an.« Wie damals.

Diesmal hast du mir nicht widersprochen.

Vielleicht hast du sogar gelächelt.

Paris, den 5. Dezember 2003

Noëlle Châtelet
Die Dame in Blau

Roman
Aus dem Französischen von Uli Wittmann
KiWi 531

»Ein Lobgesang aufs Alter, auf die Langsamkeit.«
Amica

»Ein elegant erzählter, formal geschickt komponierter Roman, der unterhält und sich durch Genauigkeit des Blicks auszeichnet.« *Süddeutsche Zeitung*

Paperbacks bei Kiepenheuer & Witsch KiWi PAPERBACK www.kiwi-verlag.de

Noëlle Châtelet
Die Klatschmohnfrau

Roman
Aus dem Französischen von Uli Wittmann
KiWi 615

In diesem märchenhaften Roman gibt es ein Wiedersehen mit der Dame in Blau. Voller Sensibilität und Zartgefühl erzählt Noëlle Châtelet die Geschichte von Marthe, die spät im Leben ihrer ersten großen Liebe begegnet und voller Selbstbewusstsein und Fröhlichkeit dieses neue Gefühl lebt.

»Noëlle Châtelet hat mit ihrem Roman ein Märchen ausgesponnen. Mit Anmut und Takt beschreibt sie eine späte Liebe und Leidenschaft und findet selbstverständlich schöne Bilder.« *Süddeutsche Zeitung*

Paperbacks bei Kiepenheuer & Witsch KiWi PAPERBACK www.kiwi-verlag.de

Noëlle Châtelet
Das Sonnenblumenmädchen

Roman
Aus dem Französischen von Uli Wittmann
KiWi 646

Sommer. Ein altes Haus in der Provence. Der Duft von Lavendel und Kräutern. Ringsum auf den Feldern, geheimnisvoll und leuchtend, die Sonnenblumen. Hier verbringt die kleine Mathilde ihre Ferien. Hier verliebt sie sich zum ersten Mal.

»Es gibt kein Rezept für das Glück, sagt die Autorin. Die eine findet es im symbolischen Rot, die andere im symbolischen Blau. Eine dritte, fügen wir an, beim Lesen der Bücher von Noëlle Châtelet.« *Süddeutsche Zeitung*

Paperbacks bei Kiepenheuer & Witsch KiWi PAPERBACK www.kiwi-verlag.de

Noëlle Châtelet
Mit dem Kopf zuerst

Roman
Aus dem Französischen von Uli Wittmann
KiWi 824

Denise ist ein ungewöhnliches kleines Mädchen, hübsch und zart, aber auch wild. Sie hasst Röcke und tobt am liebsten mit den Jungs herum. Ihr Vater, der sich einen Sohn gewünscht hatte, geht spielerisch auf ihre Bedürfnisse ein, die Mutter jedoch wird zunehmend besorgter. Denn am Ende der Kindheit zeigt sich deutlich, dass im Körper von Denise zwei existieren – ein Mädchen und ein Junge. Schon immer war dieses Anderssein für sie schmerzhaft spürbar gewesen, aber nun fällt mit Hilfe der Eltern die Entscheidung. Er hat zu sich selbst gefunden. Er heißt Paul.

»Noëlle Châtelet hat einen Roman voller Einfühlungsvermögen geschrieben.« *Marie Claire*

Paperbacks bei Kiepenheuer & Witsch KiWi PAPERBACK www.kiwi-verlag.de